GW00375231

NANTAS

suivi de

MADAME SOURDIS

ÉMILE ZOLA

Nantas

suivi de

Madame Sourdis

ÉDITION ÉTABLIE ET PRÉSENTÉE PAR JACQUES NOIRAY

LE LIVRE DE POCHE
Libretti

Professeur de littérature française à la Sorbonne, Jacques Noiray a publié, parmi d'autres travaux, *Le Romancier et la machine dans le roman français : 1850-1900* (Corti, 2 vol. 1981, 1983) et *L'Ève future ou le laboratoire de l'idéal* (Belin, 1999). Il est également l'éditeur de plusieurs œuvres de Zola, dont *Jacques Damour* suivi de *Le Capitaine Burle* dans Le Livre de Poche.

© Librairie Générale Française, 2004.
ISBN : 978-2-253-19312-8 – 1re publication – LGF

PRÉFACE

Les deux nouvelles rassemblées ici, «Nantas» et «Madame Sourdis», font partie de l'abondante production de textes divers qu'Émile Zola a envoyés chaque mois, de janvier 1875 à décembre 1880, à une grande revue de Saint-Pétersbourg, *Le Messager de l'Europe*[1]. Le contenu de ces textes, très variable, allait de la théorie naturaliste à la critique picturale, en passant par le commentaire de la vie politique ou littéraire, ou l'analyse de faits de société typiques, comme les «manières» françaises de mourir, de se marier. Pendant six ans, Zola s'est attaché à fournir au public russe une chronique riche et variée de la vie intellectuelle et sociale en France, qui reste pour nous d'un grand intérêt. De temps à autre, lorsque l'actualité ne lui inspirait pas de sujet, l'écrivain proposait des textes de fiction, extraits de romans en cours de publication ou longues nouvelles écrites en général rapidement, dans les marges de son œuvre romanesque. De ce vaste réservoir de textes, il a tiré trois recueils de critique littéraire (*Le Roman expérimental*, *Les Romanciers naturalistes*, *Documents littéraires*), et deux recueils de nouvelles (*Naïs Micoulin* et *Le Capitaine Burle*).

---

[1]. Sur la collaboration de Zola au *Messager de l'Europe*, voir la préface de notre édition de «*Jacques Damour*» suivi de «*Le Capitaine Burle*», Le Livre de Poche, 2001, n° 19300.

« Nantas » a donc d'abord été publiée en russe dans
Le Messager de l'Europe d'octobre 1878, sous le titre
« Une histoire vraie contemporaine ». La nouvelle est
parue ensuite en français sous son titre définitif dans
Le Voltaire du 19 au 26 juillet 1879. Elle a sans doute
été écrite assez vite, dans le mois précédant sa première publication. C'est un exemple particulièrement
frappant des relations profondes qu'entretiennent entre
eux les textes de fiction tout au long de l'œuvre de
Zola, qu'il s'agisse de romans ou de textes courts.
Nantas, cette incarnation de la force souffrante et finalement triomphante, rappelle en effet très précisément
Eugène Rougon, le personnage central du roman
« politique » de la série des *Rougon-Macquart*, *Son
Excellence Eugène Rougon*, paru deux ans plus tôt, en
1876 : même origine provençale modeste, même ambition fondée sur la certitude de sa valeur propre, même
foi dans la toute-puissance du travail allié à la volonté,
même culte de la puissance pure, même chasteté,
même dédain, au moins au début, de la femme et des
relations amoureuses, même réussite politique enfin
dans le cadre de la société impériale, même carrière
ministérielle brillante. Le rapprochement est tout aussi
frappant avec Aristide Saccard, l'aventurier prédateur
de *La Curée*. Le pacte par lequel Nantas, aux abois et
près du suicide, accepte d'épouser une riche héritière
compromise, afin de se donner les moyens de son
ambition, renouvelle celui par lequel Aristide obtient,
en échange d'un mariage de complaisance, l'argent
nécessaire à ses entreprises. Le système des personnages de « Nantas » reprend exactement celui de *La
Curée* : si Nantas rappelle Aristide, Mlle Chuin, l'entremetteuse, n'est qu'une Sidonie à peine moins hor-

rible. Flavie, la jeune fille violée par ignorance, est un double de Renée, comme le baron Danvilliers reproduit Béraud du Châtel, noble vieillard écrasé de honte par la « faute » de sa fille. Les situations sont aussi les mêmes : mépris du père pour l'homme qui épouse sa fille, qu'il prend pour son suborneur, séparation de fait des deux époux, tension dramatique née d'un retour d'intérêt du mari pour la femme qui se refuse. En fait, lorsqu'il rédige « Nantas », Zola projette déjà de tirer de *La Curée* une version théâtrale qui deviendra en 1887 *Renée*, et il revient aux données premières de son roman, poussé par une nécessité interne, une sorte de logique involontaire de la fiction. « Nantas » est bien, dans une large mesure, une variation sur des thèmes et des figures déjà exploités dans *La Curée* et *Son Excellence Eugène Rougon*.

Il serait pourtant injuste de réduire la nouvelle à ce ressassement. D'abord parce que le traitement que Zola donne des situations qu'il reprend n'est pas celui de ses romans. Nantas n'est ni un aventurier sans scrupules (comme Saccard), ni un despote sans états d'âme (comme Eugène). C'est un homme de sentiments, qui tombe amoureux de la femme qui lui résiste, au point de considérer à la fin comme nulle sa réussite financière et politique. En cela, il annoncerait plutôt l'Octave Mouret d'*Au Bonheur des Dames*, qui méprise le prodigieux succès de son grand magasin, parce que Denise, la femme qu'il aime, se refuse à lui. Comme Octave, Nantas comprendra que la puissance n'est rien sans l'amour partagé, et que le seul bonheur qui vaille est de conquérir le cœur de la femme aimée. Nantas et Octave, au contraire d'Aristide ou d'Eugène, connaîtront ce bonheur-là. Nous sommes bien loin ici du dénouement tragique de *La Curée* (la mort de Renée « vidée » par Saccard et Maxime), ou même de la fin indéfiniment répétitive de *Son Excellence* (les hauts et les bas de la politique). Avec « Nantas », Zola s'essaie pour la première fois à une variante heureuse du thème de l'homme fort, finalement récompensé parce qu'il a su mettre son ambition au service d'une force supérieure, qui est l'amour.

Ce qui fait aussi l'intérêt de la nouvelle, ce sont tous les échos de la personnalité de l'écrivain que l'on peut y reconnaître. L'éloge de la force qui constitue le thème de base du texte correspond à l'évidence à une conception particulière du monde sur laquelle se fondent la morale et la sociologie de Zola. Dans un monde conflictuel où chacun « dévore » l'autre, où, selon la logique darwinienne, seuls triomphent les plus énergiques et les mieux armés, la force, alliée à la volonté et au travail, devient la garantie de la survie, la condition de la réussite, le fondement de toute valeur. « Sentez-vous que vous êtes une force ? » demandait un jour le jeune Zola à Vallès étonné, qui le rapporta plus tard dans un article du *Voltaire*, « moi, je sens que j'en suis une [1] ». Nantas, lui aussi, s'est fait « une religion de la force », et va répétant : « Je suis une force », avec la certitude aveugle d'un croyant qui serait à lui-même son propre dieu. Nul doute que Zola n'ait projeté dans son personnage ses propres convictions. La force, ce don miraculeux qui distingue les êtres vraiment créateurs, ce principe mystérieux qui ne se laisse pas connaître, mais seulement ressentir, est bien ce qui donne à l'univers zolien sa cohérence

---

1. Jules Vallès, « Dickens et Zola », *Le Voltaire*, 11 février 1880.

et sa signification. On la retrouve dans *Les Rougon-Macquart* chez les grands politiques comme Eugène Rougon, chez les grands écrivains comme Sandoz (le romancier de *L'Œuvre*, autre double de Zola), chez les grands savants comme le docteur Pascal. Elle s'épanouit à la fin dans *Les Quatre Évangiles*, dans les figures héroïques des grands fondateurs de famille ou de ville, Matthieu Froment dans *Fécondité*, Luc Froment dans *Travail*. Il y a quelque chose d'hugolien dans cette conviction que la force, ce principe créateur du monde, est la condition de toute beauté, de toute bonté, de toute vie.

Dans « Nantas », nous n'en sommes pas tout à fait là. L'éloge de la force ne va pas sans ambiguïtés, ni sans inquiétantes résonances, perceptibles dans le nom même que Zola a voulu donner à son personnage. Nantas, en effet, n'est autre que Satan retourné. Le procédé de renversement est parfaitement clair, même si l'ajout d'un *n* central semble d'abord en brouiller la lecture. Mais cette insertion ne doit pas nous étonner : elle était nécessaire pour équilibrer le nom, et surtout pour conserver la nasale qui l'assombrit et que la simple inversion des lettres aurait fait disparaître. Cette connotation « satanique » inscrite dans son nom sous forme cryptée éclaire la signification du personnage et de son histoire. Elle donne au « marché » par lequel Nantas accepte de « vendre » son nom une coloration plus sombre, et à la figure de Mlle Chuin, l'entremetteuse, une grandeur plus méphistophélique. Il ne s'agit plus seulement d'une de ces « infamies » que la morale sociale réprouve, mais, plus profondément, d'une tentation acceptée, d'une adhésion totale à un pacte qui engage tout l'être. En acceptant, Nantas vend aussi son âme, il s'engage sans le savoir vraiment dans un processus destructeur auquel l'amour seul lui permettra finalement d'échapper.

La première conséquence du pacte, c'est de développer jusqu'à une sorte de délire le culte de la force qui animait le personnage dès le départ. L'orgueil, péché satanique par excellence, devient le seul principe, le seul moteur de ses actions. Il s'agit d'« être quelqu'un », d'« être supérieur », de se faire une « vie souveraine ». Nantas triomphe aussi bien dans le domaine financier et industriel que dans le domaine politique. Il ajoute aux grandes entreprises de chemins de fer et aux spéculations sur les terrains qui lui apportent une fortune immense des ambitions politiques qui l'amènent vite à la Chambre et au ministère des Finances. Il combine en lui les traits d'Aristide Saccard le spéculateur et d'Eugène Rougon le politique, il devient une sorte de concentré monstrueux de toutes les figures du pouvoir. Sa personnalité, « développée outre mesure », s'hypertrophie. Il n'est plus possible alors de l'identifier à son créateur : son absence de scrupules, sa conviction que « la toute-puissance excus[e] tout », son « dévouement absolu » au régime impérial que le romancier a toujours combattu montrent bien que Zola prend peu à peu ses distances avec son personnage. Le « grondement de triomphe » avec lequel Nantas accueille la nouvelle de sa nomination au poste de ministre des Finances n'est plus seulement le cri de l'homme fort récompensé de ses peines, mais celui de l'être de proie jouissant du plaisir orgueilleux de la domination : « Enfin, il gravissait le dernier échelon, il était au sommet. Encore un pas, il allait avoir toutes les têtes au-dessous de lui. » Mais ce triomphe sera de courte durée. Le pacte conclu avec Satan s'avère, comme toujours, une tromperie. Le pouvoir absolu dont rêvait Nantas n'existe pas, c'est une limite qui recule toujours : il faut « monter encore, monter sans cesse », pour se prouver à soi-même que ce pouvoir existe, pour chercher à en éprouver la réalité fuyante dans une saisie qui demeure illusoire.

C'est que le désir de pouvoir qui semblait former la substance même du personnage est maintenant relayé par un autre désir qui disqualifie le précédent et l'annule, celui de la femme, d'abord dédaignée, obsédante à présent. Tel est le châtiment du pacte satanique : alors qu'il semblait triompher, Nantas découvre la vanité de ses victoires. À peine satisfaite, son ambition a changé d'objet : « Il avait tout, et il ne voulait que Flavie. » Mais il ne possède plus, cette fois, les armes nécessaires à la réussite : « Cet homme qui avait mis sa foi dans la force, qui soutenait que la volonté est le seul levier capable de soulever le monde, tombait anéanti, faible comme un enfant, désarmé devant une femme. » En même temps qu'il éprouve la souffrance d'aimer, Nantas connaît l'impuissance de la force, cette force « qui devait tout lui donner », et qui « n'avait pu lui donner Flavie ». Cette faillite de la force s'accompagne d'une faillite de l'orgueil. Nantas amoureux s'abaisse et s'humilie devant la femme qui se refuse, il se traîne à ses pieds dans une scène dont le caractère mélodramatique souligne théâtralement l'effondrement de son personnage : « Il la regarda un instant de ses yeux hagards ; puis, secoué de sanglots, mettant dans son cri une passion longtemps contenue, il s'abattit à ses pieds : "Oh ! Flavie, je vous aime !" Elle, toute droite, s'écarta, parce qu'il avait touché le coin de sa robe. Mais le malheureux la suivait en se traînant sur les genoux, les mains tendues. "Je vous aime, Flavie, je vous aime comme un fou…"» Zola ne recule pas ici devant les effets d'un pathétique feuilletonesque pour évoquer avec plus d'efficacité le drame de l'homme fort réduit à l'impuissance par une femme dominatrice, ce drame qu'il avait déjà mis en scène dans *Son Excellence Eugène Rougon* entre Eugène et Clorinde, et qu'il reproduira bientôt dans *Au Bonheur des Dames* entre Octave et Denise : déclinaison moderne du vieux mythe d'Hercule et d'Omphale, qui constitue sans nul doute l'une des angoisses profondes de l'écrivain, et dont nous reconnaîtrons aussi la trace dans la seconde nouvelle de notre recueil, « Madame Sourdis ».

Il semblerait alors qu'il ne reste plus à l'homme fort, convaincu de son impuissance, que le suicide. La logique de son échec paraît l'y conduire. Par une sorte de retour ironique des choses, Nantas se retrouve à la fin de la nouvelle dans la situation du début, acculé à la tentation de se détruire. Mais les motifs ne sont plus les mêmes. L'alternative a changé : ce n'est plus le pouvoir ou la mort, mais l'amour ou la mort. L'ambitieux brutalement égoïste a fait place à un homme souffrant, dépouillé de son orgueil et de sa force. Nous comprenons enfin que Nantas n'était qu'un Satan provisoire, un Satan inversé et bientôt renversé que l'amour a ramené au sein de l'humanité. C'est pourquoi il sera sauvé. L'intervention miraculeuse qui le détourne de son suicide final n'est pas, comme la première fois, de nature maléfique. Il ne s'agit plus ici de tentation ou de pacte mortel, mais de rédemption et de vie. La satanique Mlle Chuin a fait place à la femme aimée, à la femme enfin conquise, enfin capable de prononcer la parole vitale, « le seul mot qui pût le décider à vivre » : « Je t'aime parce que tu es fort ! » Ainsi Nantas pourra-t-il renaître à une nouvelle vie, à la vie pleine et totale, celle qui place l'amour au-dessus de tout, mais qui réhabilite aussi la force et la rend admirable, parce qu'elle est la condition et le fondement même de l'amour.

« Madame Sourdis » a paru dans *Le Messager de l'Europe* un an et demi après « Nantas », en avril 1880. Contrairement à son habitude, Zola n'a pas fait suivre cette version russe d'une publication de l'original français dans un journal parisien. Il faudra attendre vingt ans pour que la nouvelle paraisse, légèrement remaniée, dans *La Grande Revue* du 1er mai 1900. On s'est interrogé sur ce retard, tout à fait insolite chez un écrivain qui n'avait pas coutume de laisser dormir dans ses tiroirs des textes de cette importance. L'explication avancée par John Christie est sans doute la bonne[1] : Zola s'inspirerait ici de l'histoire du ménage Daudet, et évoquerait, en le transposant de la littérature à la peinture, le rôle joué par Julia Daudet dans l'élaboration des œuvres de son mari. Certains indices, en effet, semblent désigner clairement l'auteur du *Petit Chose* : ainsi le charme un peu efféminé, la barbe blonde et frisée, ou la place de « pion » que Ferdinand occupe d'abord au collège de Mercœur, comme Daudet l'avait

---

1. Voir l'article de John Christie, « The Enigma of Zola's "Madame Sourdis" », *Nottingham French Studies*, t. V, 1966, p. 13-28.

lui-même occupée à ses débuts au collège d'Alès. De même, la «nature mollement voluptueuse» du peintre rappelle celle de l'écrivain, et les «crises de volonté» qui le paralysent ne sont pas sans analogies avec les périodes d'asthénie que Daudet connaissait lui-même. En 1880, celui-ci commençait à souffrir de la maladie qui allait l'emporter près de vingt ans plus tard après de longues tortures, une syphilis héritée de ses anciennes débauches. L'affaiblissement, le découragement de l'écrivain avaient été remarqués de tous ceux qui, comme Zola, faisaient partie du cercle de ses intimes. Edmond de Goncourt le notait déjà dans son *Journal*, le 20 novembre 1879 : «Daudet me rappelle mon frère, quand il a commencé à être sérieusement frappé.» Peu à peu, pour le seconder, Julia Daudet s'était mise à collaborer aux romans de son mari, prenant dans la création commune une part grandissante. Il est vraisemblable que Zola, lorsqu'il raconte l'histoire d'un peintre épuisé par la débauche et réduit progressivement à l'impuissance, tandis que sa femme se substitue à lui pour peindre les toiles qu'il continue à signer, avait à l'esprit le cas d'Alphonse et de Julia Daudet, qu'il a cherché dans la fiction à pousser jusqu'à ses extrêmes conséquences. Ainsi s'expliquerait la date tardive de la publication en France de la nouvelle : Zola aurait craint que son ami ne se reconnaisse dans ce personnage et cette situation trop clairement transposés, et il aurait attendu la mort de celui-ci, survenue fin 1897, pour livrer son texte au public français.

Il ne faut pourtant pas accorder trop d'importance à cette recherche de clefs. L'essentiel est ailleurs. Il est d'abord dans le domaine que l'écrivain a choisi

d'évoquer, celui de la peinture et des peintres. Nous
savons que Zola s'est longtemps intéressé à la peinture de son époque, nous connaissons le combat qu'il
a vigoureusement mené, dans ses *Salons* et dans de
très nombreux articles critiques, en faveur de l'impressionnisme. Son œuvre de fiction porte la trace de
cet engagement. Déjà, en 1873, *Le Ventre de Paris*
contenait des réflexions originales sur la création picturale et la modernité. Mais plus qu'elle ne rappelle
ce dernier roman, «Madame Sourdis» annonce
L'Œuvre, le roman dans lequel, six ans plus tard, Zola
réglera ses comptes avec la peinture, avant de s'en
éloigner à peu près définitivement. Le thème général
est le même : un peintre de talent, mais incapable de
réaliser l'œuvre parfaite, faute de volonté et de force,
et aboutissant à l'échec. La déchéance du personnage
est chaque fois favorisée par la femme qui l'accompagne, Adèle dans «Madame Sourdis», Christine dans
L'Œuvre. Et chaque fois, la destinée de l'artiste s'ac-
complit sous le regard paternel, à la fois lucide et
sympathique, indigné et attristé d'un peintre plus âgé,
incarnant les valeurs de puissance et de travail qui
manquent au héros trop fragile : Rennequin dans
«Madame Sourdis», Bongrand dans *L'Œuvre*.

Mais le rapprochement s'arrête là. Il y a loin, en
effet, de l'impuissance tragique de Claude Lantier,
peintre de génie avorté, qui souffre et lutte avec grandeur avant d'être acculé au suicide, à la paresse veule
et comique de Ferdinand, qui cède avec complaisance
à toutes les facilités, accepte, en laissant sa femme
usurper son rôle et sa manière, la situation négligeable
de «roi constitutionnel qui régnait sans gouverner»,
et finit ridiculement, comme une jeune fille débutante,

par faire des aquarelles. Cette lâcheté interdit évidemment de voir en Ferdinand un peintre analogue à ceux que Zola défendait vers 1880. Ce n'est ni un Manet, ni un Courbet, ni un Pissarro. Zola ne lui concède qu'un chef-d'œuvre, son premier tableau, *La Promenade*. Et encore s'agit-il, malgré «certaines vibrations de la couleur et certaines audaces de dessin», d'un thème pittoresque («une bande de collégiens en promenade s'ébattait, tandis que le "pion" lisait, allongé dans l'herbe»), plus proche des sujets de la peinture anecdotique alors en vogue, celle des Meissonier ou des Gérome, que des hardiesses impressionnistes. Quant au grand tableau qui assure définitivement sa notoriété, *Le Lac*, il semblerait d'abord relever de l'esthétique impressionniste, tant par le sujet que par la facture («les voitures filant dans le soleil avec l'éclair de leurs roues, les petites figures en toilette, des taches claires qui s'enlevaient au milieu des verdures du Bois»). Mais les restrictions apportées immédiatement par Zola («de l'orfèvrerie», «une entente très grande de l'effet», «la grâce un peu mièvre de la personnalité», «un commencement au joli et à l'entortillé»), ainsi que le succès remporté par le tableau auprès du public bourgeois montrent bien que nous ne sommes pas du côté de l'innovation, de l'invention vivante et vraie, mais du côté de l'imitation, de la répétition habile et truquée. Ferdinand Sourdis évoque plutôt les pasticheurs de l'impressionnisme, les Gervex, les Bastien-Lepage, ceux qui n'ont retenu des audaces des grands créateurs que ce qui pouvait plaire à leur public de femmes du monde et de critiques officiels. Zola, dans *L'Œuvre*, résumera ce type d'imitateurs qu'il déteste dans le personnage de Fagerolles, traître à la cause de l'école du plein air, et récompensé de sa trahison par ses succès de vente et de carrière. Bientôt décoré, commandeur de la Légion d'honneur, membre de l'Institut, Ferdinand connaîtra cette réussite-là.

Pourtant les choses ne sont pas si simples. Pour Zola, il ne fait pas de doute au début que Ferdinand ait eu l'étoffe d'un grand peintre. Deux fatalités sont venues s'opposer à son épanouissement. D'abord sa tendance naturelle à la paresse et à la débauche. Le romancier, en moraliste rigoriste, ne transige pas sur cette nécessité de la chasteté et du travail, sans laquelle il n'est pas d'œuvre possible. Ferdinand, l'amateur de filles, «vidé» par la dépense érotique, ne pourra jamais retrouver l'énergie nécessaire à la création. Mais, livré à lui-même, il aurait pu finir, comme s'y attendait Rennequin, dans «un gâchis absolu», «un gâchis superbe d'homme foudroyé». La fin aurait été digne des espérances avortées. Pourtant il n'en est rien. Ferdinand ne sera pas capable même de ce naufrage. C'est qu'une volonté extérieure s'est substituée à ses forces défaillantes, pour le relever à demi et le maintenir dans un état indéfini de médiocrité. Rennequin le constate pour s'en indigner : «Il semble avoir trouvé une mécanique qui se règle de jour en jour et qui le mène à faire plat, couramment… C'est désastreux. Il est fini, il est incapable du mauvais.» Cette énergie de substitution, suffisante pour maintenir Ferdinand en état de produire, mais insuffisante pour le hausser jusqu'au chef-d'œuvre, c'est celle d'Adèle, Madame Sourdis, qui, mieux que le pâle Ferdinand, mérite le rang d'héroïne dans cette histoire. Avec ce personnage de petite-bourgeoise provinciale, laide, volontaire et avisée, amou-

reuse et admiratrice quand même de son faible mari,
ignorant, pardonnant ses fautes, le reprenant, plein de
repentir et de soumission, après chaque rechute, Zola
réussit, sur le mode tragi-comique, la création d'un de
ses meilleurs types féminins. Femme d'ordre, gardant
de ses origines boutiquières le sens du travail bien fait
et du commerce honnête, Adèle va transformer l'œuvre
de Ferdinand en une sorte de production industrielle
bien réglée, dont elle sera la gérante avant d'être la col-
laboratrice. C'est elle qui inscrit les commandes, veille
aux livraisons, place l'argent. En même temps, elle va
donner aux tableaux de son mari une teinte de respec-
tabilité, un « certain air pudibond et pincé », une raideur morale qui exaspère Rennequin (« ce diable de
Sourdis tourne au calotin… »), mais qui fait merveille
auprès du public bourgeois consommateur de ses
toiles. Ainsi Adèle joue-t-elle auprès de son mari un
rôle ambigu : à la fois elle le « chauffe », elle lui
insuffle l'énergie nécessaire à la création, mais en
même temps elle « l'éteint », elle réduit sa peinture à
n'être plus qu'une production correcte et platement
bien-pensante.

Tout cela ne serait encore que l'histoire finalement
comique d'un petit arrangement sans importance, d'un
modus vivendi établi dans un ménage d'artistes à la
satisfaction générale (celle de la femme, du mari, du
public et de la critique), si le texte ne recelait au fond
une signification plus inquiétante. De quoi s'agit-il en
effet ? D'un échange, du transfert de ce qui, pour Zola,
doit constituer la substance vitale de la création artistique : la virilité. Ferdinand a d'abord cette force. Son
premier tableau, *La Promenade*, possède la personnalité, les « naïves hardiesses du début », ce quelque chose

de « lâché » et de « rude » qui fait les œuvres originales. Rennequin résume la situation de départ en déclarant à Adèle, à propos de cette première toile : « C'est toi, avec de la puissance. » C'est cette puissance que Ferdinand va perdre peu à peu, ou plutôt qu'il va transmettre à sa femme, par un curieux transfert de vitalité qui s'apparente à une opération de vampirisme ou de possession. Dans les premiers temps, il conserve encore, par moments, l'énergie créatrice qui lui permet de dominer Adèle et de s'imposer à elle : « Il était son maître, c'était le mâle qui reprenait sa place dans le ménage. » Plus tard, au début de la collaboration, c'est lui, « le talent mâle », qui reste « l'inspirateur, le constructeur ». Sa femme, « le talent femelle », se limite aux parties secondaires, « les coins, les épisodes ». Mais peu à peu, sous l'effet de l'impuissance grandissante, il laisse celle-ci « l'envahir ». Avec un talent tout féminin (selon Zola) pour le mimétisme, Adèle adopte la manière de Ferdinand, elle « se glisse » dans sa personnalité, elle investit l'œuvre commune, « au point d'y dominer et de l'en chasser ». C'est elle, bientôt, qui abattra la besogne « avec une carrure toute masculine », tandis que lui, efféminé, ramené à l'enfance, dépossédé de son œuvre, ne sera plus capable que de maladroites aquarelles : « Adèle avait mangé Ferdinand, c'était fini. »

Tel est donc le « drame physiologique et psychologique » dont Zola, en bon romancier naturaliste, nous présente ici le déroulement clinique et l'analyse. Le « jeu des tempéraments », la rencontre de deux natures opposées et complémentaires devaient créer, « fatalement », ce transfert de virilité : Adèle remplace Ferdinand « en se l'incorporant, en prenant pour ainsi dire de son sexe ». Mais le résultat de cette opération dépasse de loin la simple curiosité naturaliste, le simple «cas» physiologique que Rennequin, témoin ironique et double du romancier, observerait avec l'objectivité du savant. C'est bien pire. «Le résultat, écrit Zola, était un monstre.» Le monstre, c'est ce créateur émasculé, cette œuvre «envahie», ce produit mixte, mâle et femelle, compliqué encore par un renversement pervers des rôles, l'homme devenu femme, la femme devenue homme, usurpant les privilèges de la virilité. Il revient à Rennequin de tirer les conclusions de cette catastrophe : «Eh! oui, c'est l'éternelle histoire, on se laisse manger le cerveau par quelque bête de femme...» Vieilles angoisses, vieille misogynie commune à la plupart des romanciers de l'époque, Flaubert, Maupassant, Huysmans, tant d'autres. Les Goncourt ont raconté par deux fois l'histoire effrayante de l'artiste «mangé» par une femme, dans *Charles Demailly* (l'écrivain), et dans *Manette Salomon* (le peintre). Zola ne semble pas loin de partager la même opinion. Les femmes, «ces animaux nuisibles» (c'est encore Rennequin qui parle), sont les pires ennemies de l'artiste, non pas tant parce qu'elles le détournent de la création, mais parce qu'elles pervertissent l'œuvre virile en y déposant le ferment de féminité qui la détruira. Zola ne pensera plus de même, quelques années plus tard, après la rencontre de Jeanne Rozerot et la naissance de leurs deux enfants. Mais il est curieux de le voir en 1880, à l'époque de *Nana*, se rapprocher, même provisoirement, de la misogynie célibataire des écrivains réalistes de son entourage. Ainsi le dénouement de «Madame Sourdis» inverse-t-il exactement celui de «Nantas». D'un côté, le triomphe *in extremis* de la force virile, réhabilitée et couronnée par l'amour, l'aveu de la femme conquise :

«Je t'aime parce que tu es fort!» De l'autre, la défaite de la virilité, l'impuissance de l'homme proclamée, la victoire de la femme-vampire qui pourrait dire au mâle qu'elle a soumis : «Je t'aime parce que tu es faible, parce que tu m'as donné ta force, parce que tu es tout entier absorbé en moi.» Zola lui-même conclut sur cette inquiétante disparition : «Elle était seule à cette heure, et il ne restait, dans cette individualité femelle, que l'empreinte ancienne d'une individualité mâle.» Les névroses fin de siècle frémiront longtemps de cette épouvante-là.

Jacques NOIRAY

Nantas

I

La chambre que Nantas habitait depuis son arrivée de Marseille se trouvait au dernier étage d'une maison de la rue de Lille, à côté de l'hôtel du baron Danvilliers, membre du Conseil d'État. Cette maison appartenait au baron, qui l'avait fait construire sur d'anciens communs. Nantas, en se penchant, pouvait apercevoir un coin du jardin de l'hôtel, où des arbres superbes jetaient leur ombre. Au-delà, par-dessus les cimes vertes, une échappée s'ouvrait sur Paris, on voyait la trouée de la Seine, les Tuileries, le Louvre, l'enfilade des quais, toute une mer de toitures, jusqu'aux lointains perdus du Père-Lachaise.

C'était une étroite chambre mansardée, avec une fenêtre taillée dans les ardoises. Nantas l'avait simplement meublée d'un lit, d'une table et d'une chaise. Il était descendu là, cherchant le bon marché, décidé à camper tant qu'il n'aurait pas trouvé une situation quelconque. Le papier sali, le plafond noir, la misère et la nudité de ce cabinet où il n'y avait pas de cheminée, ne le blessaient point. Depuis qu'il s'endormait en face du Louvre et des Tuileries, il se comparait à un général qui couche dans quelque misérable auberge, au bord d'une route, devant la ville riche et immense, qu'il doit prendre d'assaut le lendemain.

L'histoire de Nantas était courte. Fils d'un maçon de Marseille, il avait commencé ses études au lycée de cette ville, poussé par l'ambitieuse tendresse de sa mère, qui rêvait de faire de lui un monsieur. Les parents s'étaient saignés pour le mener jusqu'au baccalauréat. Puis, la mère étant morte, Nantas dut accepter un petit emploi chez un négociant, où il traîna pendant douze années une vie dont la monotonie l'exaspérait. Il se serait enfui vingt fois, si son devoir de fils ne l'avait cloué à Marseille, près de son père tombé d'un échafaudage et devenu impotent. Maintenant, il devait suffire à tous les besoins. Mais un soir, en rentrant, il trouva le maçon mort, sa pipe encore chaude à côté de lui. Trois jours plus tard, il vendait les quatre nippes du ménage, et partait pour Paris, avec deux cents francs dans sa poche.

Il y avait, chez Nantas, une ambition entêtée de fortune, qu'il tenait de sa mère. C'était un garçon de décision prompte, de volonté froide. Tout jeune, il disait être une force. On avait souvent ri de lui, lorsqu'il s'oubliait à faire des confidences et à répéter sa phrase favorite : « Je suis une force », phrase qui devenait comique, quand on le voyait avec sa mince redingote noire, craquée aux épaules, et dont les manches lui remontaient au-dessus des poignets. Peu à peu, il s'était ainsi fait une religion de la force, ne voyant qu'elle dans le monde, convaincu que les forts sont quand même les victorieux. Selon lui, il suffisait de vouloir et de pouvoir. Le reste n'avait pas d'importance.

Le dimanche, lorsqu'il se promenait seul dans la banlieue brûlée de Marseille, il se sentait du génie ; au fond de son être, il y avait comme une impulsion instinctive qui le jetait en avant ; et il rentrait manger quelque platée de pommes de terre avec son père infirme, en se disant qu'un jour il saurait bien se tailler sa part, dans cette société où il n'était rien encore à trente ans. Ce n'était point une envie basse, un appétit des jouissances vulgaires; c'était le sentiment très net d'une intelligence et d'une volonté qui, n'étant pas à leur place, entendaient monter tranquillement à cette place, par un besoin naturel de logique.

Dès qu'il toucha le pavé de Paris, Nantas crut qu'il lui suffirait d'allonger les mains, pour trouver une situation digne de lui. Le jour même, il se mit en campagne. On lui avait donné des lettres de recommandation, qu'il porta à leur adresse; en outre, il frappa chez quelques compatriotes, espérant leur appui. Mais, au bout d'un mois, il n'avait obtenu aucun résultat: le moment était mauvais, disait-on; ailleurs, on lui faisait des promesses qu'on ne tenait point. Cependant, sa petite bourse se vidait, il lui restait une vingtaine de francs, au plus. Et ce fut avec ces vingt francs qu'il dut vivre tout un mois encore, ne mangeant que du pain, battant Paris du matin au soir, et revenant se coucher sans lumière, brisé de fatigue, toujours les mains vides. Il ne se décourageait pas; seulement, une sourde colère montait en lui. La destinée lui semblait illogique et injuste.

Un soir, Nantas rentra sans avoir mangé. La veille, il avait fini son dernier morceau de pain. Plus d'argent et pas un ami pour lui prêter vingt sous. La pluie était tombée toute la journée, une de ces pluies grises de Paris qui sont si froides. Un fleuve de boue coulait dans les rues. Nantas, trempé jusqu'aux os, était allé à Bercy, puis à Montmartre, où on lui avait indiqué des emplois; mais, à Bercy, la place était prise, et l'on n'avait pas trouvé son écriture assez belle, à Montmartre. C'étaient ses deux dernières espérances. Il aurait accepté n'importe quoi, avec la certitude qu'il taillerait sa fortune dans la première situation venue. Il ne demandait

d'abord que du pain, de quoi vivre à Paris, un terrain
quelconque pour bâtir ensuite pierre à pierre. De Montmartre à la rue de Lille, il marcha lentement, le cœur
noyé d'amertume. La pluie avait cessé, une foule affai-
rée le bousculait sur les trottoirs. Il s'arrêta plusieurs
minutes devant la boutique d'un changeur : cinq francs
lui auraient peut-être suffi pour être un jour le maître de
tout ce monde ; avec cinq francs on peut vivre huit jours,
et en huit jours on fait bien des choses. Comme il rêvait
ainsi, une voiture l'éclaboussa, il dut s'essuyer le front,
qu'un jet de boue avait souffleté. Alors, il marcha plus
vite, serrant les dents, pris d'une envie féroce de tomber à coups de poing sur la foule qui barrait les rues :
cela l'aurait vengé de la bêtise du destin. Un omnibus
faillit l'écraser, rue Richelieu. Au milieu de la place du
Carrousel, il jeta aux Tuileries un regard jaloux. Sur le
pont des Saints-Pères, une petite fille bien mise l'obli-
gea à s'écarter de son droit chemin, qu'il suivait avec la
raideur d'un sanglier traqué par une meute ; et ce détour
lui parut une suprême humiliation : jusqu'aux enfants
qui l'empêchaient de passer ! Enfin, quand il se fut réfu-
gié dans sa chambre, ainsi qu'une bête blessée revient
mourir au gîte, il s'assit lourdement sur sa chaise,
assommé, examinant son pantalon que la crotte avait
raidi, et ses souliers éculés qui laissaient couler une
mare sur le carreau.

Cette fois, c'était bien la fin. Nantas se demandait
comment il se tuerait. Son orgueil restait debout, il
jugeait que son suicide allait punir Paris. Être une force,
sentir en soi une puissance, et ne pas trouver une personne qui vous devine, qui vous donne le premier écu
dont vous avez besoin ! Cela lui semblait d'une sottise
monstrueuse, son être entier se soulevait de colère. Puis,

c'était en lui un immense regret, lorsque ses regards tombaient sur ses bras inutiles. Aucune besogne pourtant ne lui faisait peur ; du bout de son petit doigt, il aurait soulevé un monde ; et il demeurait là, rejeté dans son coin, réduit à l'impuissance, se dévorant comme un lion en cage. Mais, bientôt, il se calmait, il trouvait la mort plus grande. On lui avait conté, quand il était petit, l'histoire d'un inventeur qui, ayant construit une merveilleuse machine, la cassa un jour à coups de marteau, devant l'indifférence de la foule. Eh bien ! il était cet homme, il apportait en lui une force nouvelle, un mécanisme rare d'intelligence et de volonté, et il allait détruire cette machine, en se brisant le crâne sur le pavé de la rue.

Le soleil se couchait derrière les grands arbres de l'hôtel Danvilliers, un soleil d'automne dont les rayons d'or allumaient les feuilles jaunies. Nantas se leva comme attiré par cet adieu de l'astre. Il allait mourir, il avait besoin de lumière. Un instant, il se pencha. Souvent, entre les masses des feuillages, au détour d'une allée, il avait aperçu une jeune fille blonde, très grande, marchant avec un orgueil princier. Il n'était point romanesque, il avait passé l'âge où les jeunes hommes rêvent, dans les mansardes, que des demoiselles du monde viennent leur apporter de grandes passions et de grandes fortunes. Pourtant, il arriva, à cette heure suprême du suicide, qu'il se rappela tout d'un coup cette belle fille blonde, si hautaine. Comment pouvait-elle se nommer ? Mais, au même instant, il serra les poings, car il ne sentait que de la haine pour les gens de cet hôtel dont les fenêtres entrouvertes lui laissaient apercevoir des coins de luxe sévère, et il murmura dans un élan de rage :

« Oh ! je me vendrais, je me vendrais, si l'on me donnait les premiers cent sous de ma fortune future ! »

Cette idée de se vendre l'occupa un moment. S'il y avait eu quelque part un Mont-de-Piété où l'on prêtât sur la volonté et l'énergie, il serait allé s'y engager. Il imaginait des marchés, un homme politique venait l'acheter pour faire de lui un instrument, un banquier le prenait pour user à toute heure de son intelligence ; et il acceptait, ayant le dédain de l'honneur, se disant qu'il suffisait d'être fort et de triompher un jour. Puis, il eut un sourire. Est-ce qu'on trouve à se vendre ? Les coquins, qui guettent les occasions, crèvent de misère, sans mettre jamais la main sur un acheteur. Il craignit d'être lâche, il se dit qu'il inventait là des distractions. Et il s'assit de nouveau, en jurant qu'il se précipiterait de la fenêtre, lorsqu'il ferait nuit noire.

Cependant, sa fatigue était telle, qu'il s'endormit sur sa chaise. Brusquement, il fut réveillé par un bruit de voix. C'était sa concierge qui introduisait chez lui une dame.

« Monsieur, commença-t-elle, je me suis permis de faire monter… »

Et, comme elle s'aperçut qu'il n'y avait pas de lumière dans la chambre, elle redescendit vivement chercher une bougie. Elle paraissait connaître la personne qu'elle amenait, à la fois complaisante et respectueuse.

« Voilà, reprit-elle en se retirant. Vous pouvez causer, personne ne vous dérangera. »

Nantas, qui s'était éveillé en sursaut, regardait la dame avec surprise. Elle avait levé sa voilette. C'était une personne de quarante-cinq ans, petite, très grasse, d'une figure poupine et blanche de vieille dévote. Il ne l'avait jamais vue. Lorsqu'il lui offrit l'unique chaise, en l'interrogeant du regard, elle se nomma :

« Mlle Chuin… Je viens, monsieur, pour vous entretenir d'une affaire importante. »

Lui, avait dû s'asseoir sur le bord du lit. Le nom de Mlle Chuin ne lui apprenait rien. Il prit le parti d'attendre qu'elle voulût bien s'expliquer. Mais elle ne se pressait pas ; elle avait fait d'un coup d'œil le tour de l'étroite pièce, et semblait hésiter sur la façon dont elle entamerait l'entretien. Enfin, elle parla, d'une voix très douce, en appuyant d'un sourire les phrases délicates.

« Monsieur, je viens en amie… On m'a donné sur votre compte les renseignements les plus touchants. Certes, ne croyez pas à un espionnage. Il n'y a, dans tout ceci, que le vif désir de vous être utile. Je sais combien la vie vous a été rude jusqu'à présent, avec quel courage vous avez lutté pour trouver une situation, et quel est aujourd'hui le résultat fâcheux de tant d'efforts… Pardonnez-moi une fois encore, monsieur, de m'introduire ainsi dans votre existence. Je vous jure que la sympathie seule… »

Nantas ne l'interrompait pas, pris de curiosité, pensant que sa concierge avait dû fournir tous ces détails. Mlle Chuin pouvait continuer, et pourtant elle cherchait de plus en plus des compliments, des façons caressantes de dire les choses.

« Vous êtes un garçon d'un grand avenir, monsieur. Je me suis permis de suivre vos tentatives et j'ai été vivement frappée par votre louable fermeté dans le malheur. Enfin, il me semble que vous iriez loin, si quelqu'un vous tendait la main. »

Elle s'arrêta encore. Elle attendait un mot. Le jeune homme crut que cette dame venait lui offrir une place. Il répondit qu'il accepterait tout. Mais elle, maintenant que la glace était rompue, lui demanda carrément :

« Éprouveriez-vous quelque répugnance à vous marier ?

— Me marier ! s'écria Nantas. Eh ! bon Dieu ! qui voudrait de moi, madame ?… Quelque pauvre fille que je ne pourrais seulement pas nourrir.

— Non, une jeune fille très belle, très riche, magnifiquement apparentée, qui vous mettra d'un coup dans la main les moyens d'arriver à la situation la plus haute. »

Nantas ne riait plus.

« Alors, quel est le marché ? demanda-t-il, en baissant instinctivement la voix.

— Cette jeune fille est enceinte, et il faut reconnaître l'enfant », dit nettement Mlle Chuin, qui oubliait ses tournures onctueuses pour aller plus vite en affaire.

Le premier mouvement de Nantas fut de jeter l'entremetteuse à la porte.

« C'est une infamie que vous me proposez là, murmura-t-il.

— Oh ! une infamie, s'écria Mlle Chuin, retrouvant sa voix mielleuse, je n'accepte pas ce vilain mot… La vérité, monsieur, est que vous sauverez une famille du désespoir. Le père ignore tout, la grossesse n'est encore que peu avancée ; et c'est moi qui ai conçu l'idée de marier le plus tôt possible la pauvre fille, en présentant le mari comme l'auteur de l'enfant. Je connais le père, il en mourrait. Ma combinaison amortira le coup, il croira à une réparation… Le malheur est que le véritable séducteur est marié. Ah ! monsieur, il y a des hommes qui manquent vraiment de sens moral… »

Elle aurait pu aller longtemps ainsi. Nantas ne l'écoutait plus. Pourquoi donc refuserait-il ? Ne demandait-il pas à se vendre tout à l'heure ? Eh bien ! on venait l'acheter. Donnant, donnant. Il donnait son nom, on lui donnait une situation. C'était un contrat comme un autre. Il regarda son pantalon crotté par la boue de Paris, il sentit qu'il n'avait pas mangé depuis la veille, toute la colère de ses deux mois de recherches et d'humiliations lui revint au cœur. Enfin ! il allait donc mettre le pied sur ce monde qui le repoussait et le jetait au suicide !

« J'accepte », dit-il crûment.

Puis, il exigea de Mlle Chuin des explications claires. Que voulait-elle pour son entremise ? Elle se récria, elle ne voulait rien. Pourtant, elle finit par demander vingt mille francs, sur l'apport que l'on constituerait au jeune homme. Et, comme il ne marchandait pas, elle se montra expansive.

« Écoutez, c'est moi qui ai songé à vous. La jeune personne n'a pas dit non, lorsque je vous ai nommé… Oh ! c'est une bonne affaire, vous me remercierez plus tard. J'aurais pu trouver un homme titré, j'en connais un qui m'aurait baisé les mains. Mais j'ai préféré choisir en dehors du monde de cette pauvre enfant. Cela paraîtra plus romanesque… Puis, vous me plaisez. Vous êtes gentil, vous avez la tête solide. Oh ! vous irez loin. Ne m'oubliez pas, je suis tout à vous. »

Jusque-là, aucun nom n'avait été prononcé. Sur une interrogation de Nantas, la vieille fille se leva et dit en se présentant de nouveau :

« Mlle Chuin… Je suis chez le baron Danvilliers depuis la mort de la baronne, en qualité de gouvernante. C'est moi qui ai élevé Mlle Flavie, la fille de M. le baron… Mlle Flavie est la jeune personne en question. »

Et elle se retira, après avoir discrètement déposé sur la table une enveloppe qui contenait un billet de cinq

cents francs. C'était une avance faite par elle, pour sub-
venir aux premiers frais. Quand il fut seul, Nantas alla
se mettre à la fenêtre. La nuit était très noire ; on ne dis-
tinguait plus que la masse des arbres, à l'épaississement
de l'ombre ; une fenêtre luisait sur la façade sombre de
l'hôtel. Ainsi, c'était cette grande fille blonde, qui marchait d'un pas de reine et qui ne daignait point l'apercevoir. Elle ou une autre, qu'importait d'ailleurs ! La
femme n'entrait pas dans le marché. Alors, Nantas leva
les yeux plus haut, sur Paris grondant dans les ténèbres,
sur les quais, les rues, les carrefours de la rive gauche,
éclairés des flammes dansantes du gaz ; et il tutoya
Paris, il devint familier et supérieur.

« Maintenant, tu es à moi ! »

II

Le baron Danvilliers était dans le salon qui lui servait
de cabinet, une haute pièce sévère, tendue de cuir, gar-
nie de meubles antiques. Depuis l'avant-veille, il restait
comme foudroyé par l'histoire que Mlle Chuin lui avait
contée du déshonneur de Flavie. Elle avait eu beau ame-
ner les faits de loin, les adoucir, le vieillard était tombé
sous le coup, et seule la pensée que le séducteur pouvait
offrir une suprême réparation, le tenait debout encore.
Ce matin-là, il attendait la visite de cet homme qu'il ne
connaissait point et qui lui prenait ainsi sa fille. Il sonna.

« Joseph, il va venir un jeune homme que vous intro-
duirez… Je n'y suis pour personne autre. »

Et il songeait amèrement, seul au coin de son feu. Le
fils d'un maçon, un meurt-de-faim qui n'avait aucune
situation avouable ! Mlle Chuin le donnait bien comme

un garçon d'avenir, mais que de honte, dans une famille où il n'y avait pas eu une tache jusque-là ! Flavie s'était accusée avec une sorte d'emportement, pour épargner à sa gouvernante le moindre reproche. Depuis cette explication pénible, elle gardait la chambre, le baron avait refusé de la revoir. Il voulait, avant de pardonner, régler lui-même cette abominable affaire. Toutes ses dispositions étaient prises. Mais ses cheveux avaient achevé de blanchir, un tremblement sénile agitait sa tête.

« M. Nantas », annonça Joseph.

Le baron ne se leva pas. Il tourna seulement la tête et regarda fixement Nantas qui s'avançait. Celui-ci avait eu l'intelligence de ne pas céder au désir de s'habiller de neuf ; il avait acheté une redingote et un pantalon noir encore propres, mais très râpés ; et cela lui donnait l'apparence d'un étudiant pauvre et soigneux, ne sentant en rien l'aventurier. Il s'arrêta au milieu de la pièce, et attendit, debout, sans humilité pourtant.

« C'est donc vous, monsieur », bégaya le vieillard.

Mais il ne put continuer, l'émotion l'étranglait ; il craignait de céder à quelque violence. Après un silence, il dit simplement :

« Monsieur, vous avez commis une mauvaise action. »

Et, comme Nantas allait s'excuser, il répéta avec plus de force :

« Une mauvaise action... Je ne veux rien savoir, je vous prie de ne pas chercher à m'expliquer les choses. Ma fille se serait jetée à votre cou, que votre crime resterait le même... Il n'y a que les voleurs qui s'introduisent ainsi violemment dans les familles. »

Nantas avait de nouveau baissé la tête.

« C'est une dot gagnée aisément, c'est un guet-apens où vous étiez certain de prendre la fille et le père...

– Permettez, monsieur», interrompit le jeune homme qui se révoltait.

Mais le baron eut un geste terrible.

«Quoi? que voulez-vous que je permette?… Ce n'est pas à vous de parler ici. Je vous dis ce que je dois vous dire et ce que vous devez entendre, puisque vous venez à moi comme un coupable… Vous m'avez outragé. Voyez cette maison, notre famille y a vécu pendant plus de trois siècles sans une souillure; n'y sentez-vous pas un honneur séculaire, une tradition de dignité et de respect? Eh bien! monsieur, vous avez souffleté tout cela. J'ai failli en mourir, et aujourd'hui mes mains tremblent, comme si j'avais brusquement vieilli de dix ans… Taisez-vous et écoutez-moi.»

Nantas était devenu très pâle. Il avait accepté là un rôle bien lourd. Pourtant, il voulut prétexter l'aveuglement de la passion.

«J'ai perdu la tête, murmura-t-il en tâchant d'inventer un roman. Je n'ai pu voir Mlle Flavie…»

Au nom de sa fille, le baron se leva et cria d'une voix de tonnerre:

«Taisez-vous! Je vous ai dit que je ne voulais rien savoir. Que ma fille soit allée vous chercher, ou que ce soit vous qui soyez venu à elle, cela ne me regarde pas. Je ne lui ai rien demandé, je ne vous demande rien. Gardez tous les deux vos confessions, c'est une ordure où je n'entrerai pas.»

Il se rassit, tremblant, épuisé. Nantas s'inclinait, troublé profondément, malgré l'empire qu'il avait sur lui-même. Au bout d'un silence, le vieillard reprit de la voix sèche d'un homme qui traite une affaire:

«Je vous demande pardon, monsieur. Je m'étais promis de garder mon sang-froid. Ce n'est pas vous qui m'appartenez, c'est moi qui vous appartiens, puisque je suis à votre discrétion. Vous êtes ici pour m'offrir une transaction devenue nécessaire. Transigeons, monsieur. »

Et il affecta dès lors de parler comme un avoué qui arrange à l'amiable quelque procès honteux, où il ne met les mains qu'avec dégoût. Il disait posément :

« Mlle Flavie Danvilliers a hérité, à la mort de sa mère, d'une somme de deux cent mille francs, qu'elle ne devait toucher que le jour de son mariage. Cette somme a déjà produit des intérêts. Voici, d'ailleurs, mes comptes de tutelle, que je veux vous communiquer. »

Il avait ouvert un dossier, il lut des chiffres. Nantas tenta vainement de l'arrêter. Maintenant, une émotion le prenait, en face de ce vieillard, si droit et si simple, qui lui paraissait très grand, depuis qu'il était calme.

« Enfin, conclut celui-ci, je vous reconnais dans le contrat que mon notaire a dressé ce matin, un apport de deux cent mille francs. Je sais que vous n'avez rien. Vous toucherez les deux cent mille francs chez mon banquier, le lendemain du mariage.

– Mais, monsieur, dit Nantas, je ne vous demande pas votre argent, je ne veux que votre fille… »

Le baron lui coupa la parole.

« Vous n'avez pas le droit de refuser, et ma fille ne saurait épouser un homme moins riche qu'elle… Je vous donne la dot que je lui destinais, voilà tout. Peut-être aviez-vous compté trouver davantage, mais on me croit plus riche que je ne le suis réellement, monsieur. »

Et, comme le jeune homme restait muet sous cette dernière cruauté, le baron termina l'entrevue, en sonnant le domestique.

« Joseph, dites à Mademoiselle que je l'attends tout de suite dans mon cabinet. »

Il s'était levé, il ne prononça plus un mot, marchant lentement. Nantas demeurait debout et immobile. Il trompait ce vieillard, il se sentait petit et sans force devant lui. Enfin, Flavie entra.

« Ma fille, dit le baron, voici cet homme. Le mariage aura lieu dans le délai légal. »

Et il s'en alla, il les laissa seuls, comme si, pour lui, le mariage était conclu. Quand la porte se fut refermée, un silence régna. Nantas et Flavie se regardaient. Ils ne s'étaient point vus encore. Elle lui parut très belle, avec son visage pâle et hautain, dont les grands yeux gris ne se baissaient pas. Peut-être avait-elle pleuré depuis trois jours qu'elle n'avait pas quitté sa chambre ; mais la froideur de ses joues devait avoir glacé ses larmes. Ce fut elle qui parla la première.

« Alors, monsieur, cette affaire est terminée ?

– Oui, madame », répondit simplement Nantas. Elle eut une moue involontaire, en l'enveloppant d'un long regard, qui semblait chercher en lui sa bassesse.

« Allons, tant mieux, reprit-elle. Je craignais de ne trouver personne pour un tel marché. »

Nantas sentit, à sa voix, tout le mépris dont elle l'accablait. Mais il releva la tête. S'il avait tremblé devant le père, en sachant qu'il le trompait, il entendait être solide et carré en face de la fille, qui était sa complice.

« Pardon, madame, dit-il tranquillement, avec une grande politesse, je crois que vous vous méprenez sur la situation que nous fait à tous deux ce que vous venez d'appeler très justement un marché. J'entends que, dès aujourd'hui, nous nous mettions sur un pied d'égalité…

– Ah ! vraiment, interrompit Flavie, avec un sourire dédaigneux.

– Oui, sur un pied d'égalité complète… Vous avez

besoin d'un nom pour cacher une faute que je ne me permets pas de juger, et je vous donne le mien. De mon côté, j'ai besoin d'une mise de fonds, d'une certaine position sociale, pour mener à bien de grandes entreprises, et vous m'apportez ces fonds. Nous sommes dès aujourd'hui deux associés dont les apports se balancent, nous avons seulement à nous remercier pour le service que nous nous rendons mutuellement. »

Elle ne souriait plus. Un pli d'orgueil irrité lui barrait le front. Pourtant elle ne répondit pas. Au bout d'un silence, elle reprit :

« Vous connaissez mes conditions ?

– Non, madame, dit Nantas, qui conservait un calme parfait. Veuillez me les dicter, et je m'y soumets d'avance. »

Alors, elle s'exprima nettement, sans une hésitation ni une rougeur.

« Vous ne serez jamais que mon mari de nom. Nos vies resteront complètement distinctes et séparées. Vous abandonnerez tous vos droits sur moi, et je n'aurai aucun devoir envers vous. »

À chaque phrase, Nantas acceptait d'un signe de tête. C'était bien là ce qu'il désirait. Il ajouta :

« Si je croyais devoir être galant, je vous dirais que des conditions si dures me désespèrent. Mais nous sommes au-dessus de compliments aussi fades. Je suis très heureux de vous voir le courage de nos situations respectives. Nous entrons dans la vie par un sentier où l'on ne cueille pas de fleurs… Je ne vous demande qu'une chose, madame, c'est de ne point user de la liberté que je vous laisse, de façon à rendre mon intervention nécessaire.

– Monsieur ! » dit violemment Flavie, dont l'orgueil se révolta.

Mais il s'inclina respectueusement, en la suppliant de ne point se blesser. Leur position était délicate, ils devaient tous deux tolérer certaines allusions, sans quoi la bonne entente devenait impossible. Il évita d'insister davantage. Mlle Chuin, dans une seconde entrevue, lui avait conté la faute de Flavie. Son séducteur était un certain M. des Fondettes, le mari d'une de ses amies de couvent. Comme elle passait un mois chez eux, à la campagne, elle s'était trouvée un soir entre les bras de cet homme, sans savoir au juste comment cela avait pu se faire et jusqu'à quel point elle était consentante. Mlle Chuin parlait presque d'un viol.

Brusquement, Nantas eut un mouvement amical. Ainsi que tous les gens qui ont conscience de leur force, il aimait à être bonhomme.

«Tenez! madame, s'écria-t-il, nous ne nous connaissons pas; mais nous aurions vraiment tort de nous détester ainsi, à première vue. Peut-être sommes-nous faits pour nous entendre… Je vois bien que vous me méprisez; c'est que vous ignorez mon histoire.»

Et il parla avec fièvre, se passionnant, disant sa vie dévorée d'ambition, à Marseille, expliquant la rage de ses deux mois de démarches inutiles dans Paris. Puis, il montra son dédain de ce qu'il nommait les conventions sociales, où patauge le commun des hommes. Qu'importait le jugement de la foule, quand on posait le pied sur elle! Il s'agissait d'être supérieur. La toute-puissance excusait tout. Et, à grands traits, il peignit la vie souveraine qu'il saurait se faire. Il ne craignait plus aucun obstacle, rien ne prévalait contre la force. Il serait fort, il serait heureux.

«Ne me croyez pas platement intéressé, ajouta-t-il. Je ne me vends pas pour votre fortune. Je ne prends votre

argent que comme un moyen de monter très haut… Oh !
si vous saviez tout ce qui gronde en moi, si vous saviez
les nuits ardentes que j'ai passées à refaire toujours le
même rêve, sans cesse emporté par la réalité du lendemain, vous me comprendriez, vous seriez peut-être fière
de vous appuyer à mon bras, en vous disant que vous me
fournissez enfin les moyens d'être quelqu'un ! »

Elle l'écoutait toute droite, pas un trait de son visage
ne remuait. Et lui se posait une question qu'il retournait
depuis trois jours, sans pouvoir trouver la réponse :
l'avait-elle remarqué à sa fenêtre, pour avoir accepté si
vite le projet de Mlle Chuin, lorsque celle-ci l'avait
nommé ? Il lui vint la pensée singulière qu'elle se serait
peut-être mise à l'aimer d'un amour romanesque, s'il
avait refusé avec indignation le marché que la gouvernante était venue lui offrir.

Il se tut, et Flavie resta glacée. Puis, comme s'il ne
lui avait pas fait sa confession, elle répéta sèchement :

« Ainsi, mon mari de nom seulement, nos vies complètement distinctes, une liberté absolue. »

Nantas reprit aussitôt son air cérémonieux, sa voix
brève d'homme qui discute un traité.

« C'est signé, madame. »

Et il se retira, mécontent de lui. Comment avait-il pu
céder à l'envie bête de convaincre cette femme ? Elle
était très belle, il valait mieux qu'il n'y eût rien de commun entre eux, car elle pouvait le gêner dans la vie.

III

Dix années s'étaient écoulées. Un matin, Nantas se
trouvait dans le cabinet où le baron Danvilliers l'avait

autrefois si rudement accueilli, lors de leur première entrevue. Maintenant, ce cabinet était le sien ; le baron, après s'être réconcilié avec sa fille et son gendre, leur avait abandonné l'hôtel, en ne se réservant qu'un pavillon situé à l'autre bout du jardin, sur la rue de Beaune. En dix ans, Nantas venait de conquérir une des plus hautes situations financières et industrielles. Mêlé à toutes les grandes entreprises de chemins de fer, lancé dans toutes les spéculations sur les terrains qui signalè-rent les premières années de l'Empire, il avait réalisé rapidement une fortune immense. Mais son ambition ne se bornait pas là, il voulait jouer un rôle politique, et il avait réussi à se faire nommer député, dans un départe-ment où il possédait plusieurs fermes. Dès son arrivée au Corps législatif, il s'était posé en futur ministre des Finances. Par ses connaissances spéciales et sa facilité de parole, il y prenait de jour en jour une place plus importante. Du reste, il montrait adroitement un dévoue-ment absolu à l'Empire, tout en ayant en matière de finances des théories personnelles, qui faisaient grand bruit et qu'il savait préoccuper beaucoup l'empereur.

Ce matin-là, Nantas était accablé d'affaires. Dans les vastes bureaux qu'il avait installés au rez-de-chaussée de l'hôtel, régnait une activité prodigieuse. C'était un monde d'employés, les uns immobiles derrière des gui-chets, les autres allant et venant sans cesse, faisant battre les portes ; c'était un bruit d'or continu, des sacs ouverts et coulant sur les tables, la musique toujours sonnante d'une caisse dont le flot semblait devoir noyer les rues. Puis, dans l'antichambre, une cohue se pressait, des sol-liciteurs, des hommes d'affaires, des hommes politiques, tout Paris à genoux devant la puissance. Souvent, de grands personnages attendaient là patiemment pendant une heure. Et lui, assis à son bureau, en correspondance avec la province et l'étranger, pouvant de ses bras étendus étreindre le monde, réalisait enfin son ancien rêve de force, se sentait le moteur intelligent d'une colossale machine qui remuait les royaumes et les empires.

Nantas sonna l'huissier qui gardait sa porte. Il paraissait soucieux.

« Germain, demanda-t-il, savez-vous si Madame est rentrée ? »

Et, comme l'huissier répondait qu'il l'ignorait, il lui commanda de faire descendre la femme de chambre de Madame. Mais Germain ne se retirait pas.

« Pardon, Monsieur, murmura-t-il, il y a là M. le président du Corps législatif qui insiste pour entrer. »

Alors, il eut un geste d'humeur, en disant :

« Eh bien ! introduisez-le, et faites ce que je vous ai ordonné. »

La veille, sur une question capitale du budget, un discours de Nantas avait produit une impression telle, que l'article en discussion avait été envoyé à la commission, pour être amendé dans le sens indiqué par lui. Après la séance, le bruit s'était répandu que le ministre des Finances allait se retirer, et l'on désignait déjà dans les groupes le jeune député comme son successeur. Lui, haussait les épaules : rien n'était fait, il n'avait eu avec l'empereur qu'un entretien sur des points spéciaux. Pourtant, la visite du président du Corps législatif pouvait être grosse de signification. Il parut secouer la préoccupation qui l'assombrissait, il se leva et alla serrer les mains du président.

« Ah ! monsieur le duc, dit-il, je vous demande pardon. J'ignorais que vous fussiez là… Croyez que je suis bien touché de l'honneur que vous me faites. »

Un instant, ils causèrent à bâtons rompus, sur un ton de cordialité. Puis, le président, sans rien lâcher de net, lui fit entendre qu'il était envoyé par l'empereur, pour le sonder. Accepterait-il le portefeuille des Finances, et avec quel programme ? Alors, lui, superbe de sang-froid, posa ses conditions. Mais, sous l'impassibilité de son visage, un grondement de triomphe montait. Enfin, il gravissait le dernier échelon, il était au sommet. Encore un pas, il allait avoir toutes les têtes au-dessous de lui. Comme le président concluait, en disant qu'il se rendait à l'instant même chez l'empereur, pour lui communiquer le programme débattu, une petite porte donnant sur les appartements s'ouvrit, et la femme de chambre de Madame parut.

Nantas, tout d'un coup redevenu blême, n'acheva pas la phrase qu'il prononçait. Il courut à cette femme, en murmurant :

« Excusez-moi, monsieur le duc… »

Et, tout bas, il l'interrogea. Madame était donc sortie de bonne heure ? Avait-elle dit où elle allait ? Quand devait-elle rentrer ? La femme de chambre répondait par des paroles vagues, en fille intelligente qui ne veut pas se compromettre. Ayant compris la naïveté de cet interrogatoire, il finit par dire simplement :

« Dès que Madame rentrera, prévenez-la que je désire lui parler. »

Le duc, surpris, s'était approché d'une fenêtre et regardait dans la cour. Nantas revint à lui, en s'excusant de nouveau. Mais il avait perdu son sang-froid, il balbutia, il l'étonna par des paroles peu adroites.

« Allons, j'ai gâté mon affaire, laissa-t-il échapper tout haut, lorsque le président ne fut plus là. Voilà un portefeuille qui va m'échapper. »

Et il resta dans un état de malaise, coupé d'accès de colère. Plusieurs personnes furent introduites. Un ingénieur avait à lui présenter un rapport qui annonçait des bénéfices énormes dans une exploitation de mine. Un diplomate l'entretint d'un emprunt qu'une puissance voisine voulait ouvrir à Paris. Des créatures défilèrent, lui rendirent des comptes sur vingt affaires considérables. Enfin, il reçut un grand nombre de ses collègues de la Chambre ; tous se répandaient en éloges outrés sur son discours de la veille. Lui, renversé au fond de son fauteuil, acceptait cet encens, sans un sourire. Le bruit de l'or continuait dans les bureaux voisins, une trépidation d'usine faisait trembler les murs, comme si on eût fabriqué là tout cet or qui sonnait. Il n'avait qu'à prendre une plume pour expédier des dépêches dont l'arrivée aurait réjoui ou consterné les marchés de l'Europe ; il pouvait empêcher ou précipiter la guerre, en appuyant ou en combattant l'emprunt dont on lui avait parlé ; même il tenait le budget de la France dans sa main, il saurait bientôt s'il serait pour ou contre l'Empire. C'était le triomphe, sa personnalité développée outre mesure devenait le centre autour duquel tournait un monde. Et il ne goûtait point ce triomphe, ainsi qu'il se l'était promis. Il éprouvait une lassitude, l'esprit autre part, tressaillant au moindre bruit. Lorsqu'une flamme, une fièvre d'ambition satisfaite montait à ses joues, il se sentait tout de suite pâlir, comme si par-derrière, brusquement, une main froide l'eût touché à la nuque.

Deux heures s'étaient passées, et Flavie n'avait pas encore paru. Nantas appela Germain pour le charger d'aller chercher M. Danvilliers, si le baron se trouvait chez lui. Resté seul, il marcha dans son cabinet, en refusant de recevoir davantage ce jour-là. Peu à peu, son agitation avait grandi. Évidemment, sa femme était à quelque rendez-vous. Elle devait avoir renoué avec M. des Fondettes, qui était veuf depuis six mois. Certes, Nantas se défendait d'être jaloux ; pendant dix années, il avait strictement observé le traité conclu ; seulement, il entendait, disait-il, ne pas être ridicule. Jamais il ne permettrait à sa femme de compromettre sa situation, en le rendant la moquerie de tous. Et sa force l'abandonnait, ce sentiment de mari qui veut simplement être respecté l'envahissait d'un tel trouble, qu'il n'en avait pas éprouvé de pareil, même lorsqu'il jouait les coups de cartes les plus hasardés, dans les commencements de sa fortune.

Flavie entra, encore en toilette de ville ; elle n'avait retiré que son chapeau et ses gants. Nantas, dont la voix tremblait, lui dit qu'il serait monté chez elle, si elle lui avait fait savoir qu'elle était rentrée. Mais elle, sans s'asseoir, de l'air pressé d'une cliente, eut un geste pour l'inviter à se hâter.

« Madame, commença-t-il, une explication est devenue nécessaire entre nous… Où êtes-vous allée ce matin ? »

La voix frémissante de son mari, la brutalité de sa question, la surprirent extrêmement.

« Mais, répondit-elle d'un ton froid, où il m'a plu d'aller.

– Justement, c'est ce qui ne saurait me convenir désormais, reprit-il en devenant très pâle. Vous devez vous souvenir de ce que je vous ai dit, je ne tolérerai pas que vous usiez de la liberté que je vous laisse, de façon à déshonorer mon nom. »

Flavie eut un sourire de souverain mépris.

« Déshonorer votre nom, monsieur, mais cela vous regarde, c'est une besogne qui n'est plus à faire. »

Alors, Nantas, dans un emportement fou, s'avança comme s'il voulait la battre, bégayant :

« Malheureuse, vous sortez des bras de M. des Fondettes... Vous avez un amant, je le sais.

– Vous vous trompez, dit-elle sans reculer devant sa menace, je n'ai jamais revu M. des Fondettes... Mais j'aurais un amant que vous n'auriez pas à me le reprocher. Qu'est-ce que cela pourrait vous faire ? Vous oubliez donc nos conventions. »

Il la regarda un instant de ses yeux hagards ; puis, secoué de sanglots, mettant dans son cri une passion longtemps contenue, il s'abattit à ses pieds.

« Oh ! Flavie, je vous aime ! »

Elle, toute droite, s'écarta, parce qu'il avait touché le coin de sa robe. Mais le malheureux la suivait en se traînant sur les genoux, les mains tendues.

« Je vous aime, Flavie, je vous aime comme un fou... Cela est venu je ne sais comment. Il y a des années déjà. Et peu à peu cela m'a pris tout entier. Oh ! j'ai lutté, je trouvais cette passion indigne de moi, je me rappelais notre premier entretien... Mais, aujourd'hui, je souffre trop, il faut que je vous parle... »

Longtemps, il continua. C'était l'effondrement de toutes ses croyances. Cet homme qui avait mis sa foi dans la force, qui soutenait que la volonté est le seul levier capable de soulever le monde, tombait anéanti, faible comme un enfant, désarmé devant une femme. Et son rêve de fortune réalisé, sa haute situation conquise, il eût tout donné, pour que cette femme le relevât d'un baiser au front. Elle lui gâtait son triomphe. Il n'entendait plus l'or qui sonnait dans ses bureaux, il ne songeait plus au défilé des courtisans qui venaient de le saluer, il oubliait que l'empereur, en ce moment, l'appelait peut-être au pouvoir. Ces choses n'existaient pas. Il avait tout, et il ne voulait que Flavie. Si Flavie se refusait, il n'avait rien.

«Écoutez, continua-t-il, ce que j'ai fait, je l'ai fait pour vous… D'abord, c'est vrai, vous ne comptiez pas, je travaillais pour la satisfaction de mon orgueil. Puis, vous êtes devenue l'unique but de toutes mes pensées, de tous mes efforts. Je me disais que je devais monter le plus haut possible, afin de vous mériter. J'espérais vous fléchir, le jour où je mettrais à vos pieds ma puissance. Voyez où je suis aujourd'hui. N'ai-je pas gagné votre pardon? Ne me méprisez plus, je vous en conjure!»

Elle n'avait pas encore parlé. Elle dit tranquillement :

«Relevez-vous, monsieur, on pourrait entrer.»

Il refusa, il la supplia encore. Peut-être aurait-il attendu, s'il n'avait pas été jaloux de M. des Fondettes. C'était un tourment qui l'affolait. Puis, il se fit très humble.

«Je vois bien que vous me méprisez toujours. Eh bien! attendez, ne donnez votre amour à personne. Je vous promets de si grandes choses, que je saurai bien vous fléchir. Il faut me pardonner, si j'ai été brutal tout à l'heure. Je n'ai plus la tête à moi… Oh! laissez-moi espérer que vous m'aimerez un jour!

– Jamais!» prononça-t-elle avec énergie.

Et, comme il restait par terre, écrasé, elle voulut sortir. Mais, lui, la tête perdue, pris d'un accès de rage, se leva et la saisit aux poignets. Une femme le braverait ainsi, lorsque le monde était à ses pieds! Il pouvait tout, bouleverser les États, conduire la France à son gré, et il ne pourrait obtenir l'amour de sa femme! Lui, si fort, si puissant, lui dont les moindres désirs étaient des ordres, il n'avait plus qu'un désir, et ce désir ne serait jamais contenté, parce qu'une créature, d'une faiblesse d'enfant, refusait! Il lui serrait les bras, il répétait d'une voix rauque :

« Je veux… Je veux…

– Et moi je ne veux pas », disait Flavie toute blanche et raidie dans sa volonté.

La lutte continuait, lorsque le baron Danvilliers ouvrit la porte. À sa vue, Nantas lâcha Flavie et s'écria :

« Monsieur, voici votre fille qui revient de chez son amant… Dites-lui donc qu'une femme doit respecter le nom de son mari, même lorsqu'elle ne l'aime pas et que la pensée de son propre honneur ne l'arrête plus. »

Le baron, très vieilli, restait debout sur le seuil, devant cette scène de violence. C'était pour lui une surprise douloureuse. Il croyait le ménage uni, il approuvait les rapports cérémonieux des deux époux, pensant qu'il n'y avait là qu'une tenue de convenance. Son gendre et lui étaient de deux générations différentes ; mais, s'il était blessé par l'activité peu scrupuleuse du financier, s'il condamnait certaines entreprises qu'il traitait de casse-cou, il avait dû reconnaître la force de sa volonté et sa vive intelligence. Et, brusquement, il tombait dans ce drame, qu'il ne soupçonnait pas.

Lorsque Nantas accusa Flavie d'avoir un amant, le baron, qui traitait encore sa fille mariée avec la sévérité qu'il avait pour elle à dix ans, s'avança de son pas de vieillard solennel.

« Je vous jure qu'elle sort de chez son amant, répétait Nantas, et vous la voyez ! elle est là qui me brave. »

Flavie, dédaigneuse, avait tourné la tête. Elle arrangeait ses manchettes, que la brutalité de son mari avait froissées. Pas une rougeur n'était montée à son visage. Cependant, son père lui parlait.

«Ma fille, pourquoi ne vous défendez-vous pas? Votre mari dirait-il la vérité? Auriez-vous réservé cette dernière douleur à ma vieillesse?… L'affront serait aussi pour moi; car, dans une famille, la faute d'un seul membre suffit à salir tous les autres.»

Alors, elle eut un mouvement d'impatience. Son père prenait bien son temps pour l'accuser! Un instant encore, elle supporta son interrogatoire, voulant lui épargner la honte d'une explication. Mais, comme il s'emportait à son tour, en la voyant muette et provocante, elle finit par dire:

«Eh! mon père, laissez cet homme jouer son rôle… Vous ne le connaissez pas. Ne me forcez point à parler par respect pour vous.

– Il est votre mari, reprit le vieillard. Il est le père de votre enfant.»

Flavie s'était redressée, frémissante.

«Non, non, il n'est pas le père de mon enfant… À la fin, je vous dirai tout. Cet homme n'est pas même un séducteur, car ce serait une excuse au moins, s'il m'avait aimée. Cet homme s'est simplement vendu et a consenti à couvrir la faute d'un autre.»

Le baron se tourna vers Nantas, qui, livide, reculait.

«Entendez-vous, mon père! reprenait Flavie avec plus de force, il s'est vendu, vendu pour de l'argent… Je ne l'ai jamais aimé, il ne m'a jamais touchée du bout de ses doigts… J'ai voulu vous épargner une grande douleur, je l'ai acheté afin qu'il vous mentît… Regardez-le, voyez si je dis la vérité.»

Nantas se cachait la face entre les mains.

«Et, aujourd'hui, continua la jeune femme, voilà qu'il veut que je l'aime… Il s'est mis à genoux et il a pleuré. Quelque comédie sans doute. Pardonnez-moi de vous avoir trompé, mon père ; mais, vraiment, est-ce que j'appartiens à cet homme ?… Maintenant que vous savez tout, emmenez-moi. Il m'a violentée tout à l'heure, je ne resterai pas ici une minute de plus. »

Le baron redressa sa taille courbée. Et, silencieux, il alla donner le bras à sa fille. Tous deux traversèrent la pièce, sans que Nantas fît un geste pour les retenir. Puis, à la porte, le vieillard ne laissa tomber que cette parole :

« Adieu, monsieur. »

La porte s'était refermée. Nantas restait seul, écrasé, regardant follement le vide autour de lui. Comme Germain venait d'entrer et de poser une lettre sur le bureau, il l'ouvrit machinalement et la parcourut des yeux. Cette lettre, entièrement écrite de la main de l'empereur, l'appelait au ministère des Finances, en termes très obligeants. Il comprit à peine. La réalisation de toutes ses ambitions ne le touchait plus. Dans les caisses voisines, le bruit de l'or avait augmenté ; c'était l'heure où la maison Nantas ronflait, donnant le branle à tout un monde. Et lui, au milieu de ce labeur colossal qui était son œuvre, dans l'apogée de sa puissance, les yeux stupidement fixés sur l'écriture de l'empereur, poussa cette plainte d'enfant, qui était la négation de sa vie entière :

« Je ne suis pas heureux… Je ne suis pas heureux… »

Il pleurait, la tête tombée sur son bureau, et ses larmes chaudes effaçaient la lettre qui le nommait ministre.

IV

Depuis dix-huit mois que Nantas était ministre des Finances, il semblait s'étourdir par un travail surhumain. Au lendemain de la scène de violence qui s'était passée dans son cabinet, il avait eu avec le baron Danvilliers une entrevue ; et, sur les conseils de son père, Flavie avait consenti à rentrer au domicile conjugal. Mais les époux ne s'adressaient plus la parole, en dehors de la comédie qu'ils devaient jouer devant le monde. Nantas avait décidé qu'il ne quitterait pas son hôtel. Le soir, il amenait ses secrétaires et expédiait chez lui la besogne.

Ce fut l'époque de son existence où il fit les plus grandes choses. Une voix lui soufflait des inspirations hautes et fécondes. Sur son passage, un murmure de sympathie et d'admiration s'élevait. Mais lui restait insensible aux éloges. On eût dit qu'il travaillait sans espoir de récompense, avec la pensée d'entasser les œuvres dans le but unique de tenter l'impossible. Chaque fois qu'il montait plus haut, il consultait le visage de Flavie. Est-ce qu'elle était touchée enfin ? Est-ce qu'elle lui pardonnait son ancienne infamie, pour ne plus voir que le développement de son intelligence ? Et il ne surprenait toujours aucune émotion sur le visage muet de cette femme, et il se disait, en se remettant au travail : « Allons ! je ne suis point assez haut pour elle, il faut monter encore, monter sans cesse. » Il entendait forcer le bonheur, comme il avait forcé la fortune. Toute sa croyance en sa force lui revenait, il n'admettait pas d'autre levier en ce monde, car c'est la volonté de la vie qui a fait l'humanité. Quand le découragement le prenait parfois, il s'enfermait pour que personne ne pût se douter des faiblesses de sa chair. On ne devinait ses luttes qu'à ses yeux plus profonds, cerclés de noir, et où brûlait une flamme intense.

La jalousie le dévorait maintenant. Ne pas réussir à se faire aimer de Flavie, était un supplice ; mais une rage l'affolait, lorsqu'il songeait qu'elle pouvait se donner à un autre. Pour affirmer sa liberté, elle était capable de s'afficher avec M. des Fondettes. Il affectait donc de ne point s'occuper d'elle, tout en agonisant d'angoisse à ses moindres absences. S'il n'avait pas craint le ridicule, il l'aurait suivie lui-même dans les rues. Ce fut alors qu'il voulut avoir près d'elle une personne dont il achèterait le dévouement.

On avait conservé Mlle Chuin dans la maison. Le baron était habitué à elle. D'autre part, elle savait trop de choses pour qu'on pût s'en débarrasser. Un moment, la vieille fille avait eu le projet de se retirer avec les vingt mille francs que Nantas lui avait comptés, au lendemain de son mariage. Mais sans doute elle s'était dit que la maison devenait bonne pour y pêcher en eau trouble. Elle attendait donc une nouvelle occasion, ayant fait le calcul qu'il lui fallait encore une vingtaine de mille francs, si elle voulait acheter à Roinville, son pays, la maison du notaire, qui avait fait l'admiration de sa jeunesse.

Nantas n'avait pas à se gêner avec cette vieille fille, dont les mines confites en dévotion ne pouvaient plus le tromper. Pourtant, le matin où il la fit venir dans son cabinet et où il lui proposa nettement de le tenir au courant des moindres actions de sa femme, elle feignit de se révolter, en lui demandant pour qui il la prenait.

« Voyons, mademoiselle, dit-il impatienté, je suis très pressé, on m'attend. Abrégeons, je vous prie. »

Mais elle ne voulait rien entendre, s'il n'y mettait des formes. Ses principes étaient que les choses ne sont pas laides en elles-mêmes, qu'elles le deviennent ou cessent de l'être, selon la façon dont on les présente.

« Eh bien ! reprit-il, il s'agit, mademoiselle, d'une bonne action… Je crains que ma femme ne me cache certains chagrins. Je la vois triste depuis quelques semaines, et j'ai songé à vous, pour obtenir des renseignements.

– Vous pouvez compter sur moi, dit-elle alors avec une effusion maternelle. Je suis dévouée à Madame, je ferai tout pour son honneur et le vôtre... Dès demain, nous veillerons sur elle. »

Il lui promit de la récompenser de ses services. Elle se fâcha d'abord. Puis, elle eut l'habileté de le forcer à fixer une somme : il lui donnerait dix mille francs, si elle lui fournissait une preuve formelle de la bonne ou de la mauvaise conduite de Madame. Peu à peu, ils en étaient venus à préciser les choses.

Dès lors, Nantas se tourmenta moins. Trois mois s'écoulèrent, il se trouvait engagé dans une grosse besogne, la préparation du budget. D'accord avec l'empereur, il avait apporté au système financier d'importantes modifications. Il savait qu'il serait vivement attaqué à la Chambre, et il lui fallait préparer une quantité considérable de documents. Souvent il veillait des nuits entières. Cela l'étourdissait et le rendait patient. Quand il voyait Mlle Chuin, il l'interrogeait d'une voix brève. Savait-elle quelque chose ? Madame avait-elle fait beaucoup de visites ? S'était-elle particulièrement arrêtée dans certaines maisons ? Mlle Chuin tenait un journal détaillé. Mais elle n'avait encore recueilli que des faits sans importance. Nantas se rassurait, tandis que la vieille clignait les yeux parfois, en répétant que, bientôt peut-être, elle aurait du nouveau.

La vérité était que Mlle Chuin avait fortement réfléchi. Dix mille francs ne faisaient pas son compte, il lui en fallait vingt mille, pour acheter la maison du notaire.

Elle eut d'abord l'idée de se vendre à la femme, après s'être vendue au mari. Mais elle connaissait Madame, elle craignit d'être chassée au premier mot. Depuis long-temps, avant même qu'on la chargeât de cette besogne, elle l'avait espionnée pour son compte, en se disant que les vices des maîtres sont la fortune des valets ; et elle s'était heurtée à une de ces honnêtetés d'autant plus solides, qu'elles s'appuient sur l'orgueil. Flavie gardait de sa faute une rancune à tous les hommes. Aussi Mlle Chuin se désespérait-elle, lorsqu'un jour elle ren-contra M. des Fondettes. Il la questionna si vivement sur sa maîtresse, qu'elle comprit tout d'un coup qu'il la désirait follement, brûlé par le souvenir de la minute où il l'avait tenue dans ses bras. Et son plan fut arrêté : ser-vir à la fois le mari et l'amant, là était la combinaison de génie.

Justement, tout venait à point. M. des Fondettes, repoussé, désormais sans espoir, aurait donné sa fortune pour posséder encore cette femme qui lui avait appar-tenu. Ce fut lui qui, le premier, tâta Mlle Chuin. Il la revit, joua le sentiment, en jurant qu'il se tuerait, si elle ne l'aidait pas. Au bout de huit jours, après une grande dépense de sensibilité et de scrupules, l'affaire était faite : il donnerait dix mille francs, et elle, un soir, le cacherait dans la chambre de Flavie.

Le matin, Mlle Chuin alla trouver Nantas.

« Qu'avez-vous appris ? » demanda-t-il en pâlissant.

Mais elle ne précisa rien d'abord. Madame avait pour sûr une liaison. Même elle donnait des rendez-vous.

« Au fait, au fait », répétait-il, furieux d'impatience.

Enfin, elle nomma M. des Fondettes.

« Ce soir, il sera dans la chambre de Madame.

– C'est bien, merci », balbutia Nantas.

Il la congédia du geste, il avait peur de défaillir devant elle. Ce brusque renvoi l'étonnait et l'enchantait, car elle s'était attendue à un long interrogatoire, et elle avait même préparé ses réponses, pour ne pas s'embrouiller. Elle fit une révérence, elle se retira, en prenant une figure dolente.

Nantas s'était levé. Dès qu'il fut seul, il parla tout haut.

« Ce soir… Dans sa chambre… »

Et il portait les mains à son crâne, comme s'il l'avait entendu craquer. Ce rendez-vous, donné au domicile conjugal, lui semblait monstrueux d'impudence. Il ne pouvait se laisser outrager ainsi. Ses poings de lutteur se serraient, une rage le faisait rêver d'assassinat. Pourtant, il avait à finir un travail. Trois fois, il se rassit devant son bureau, et trois fois un soulèvement de tout son corps le remit debout ; tandis que, derrière lui, quelque chose le poussait, un besoin de monter sur-le-champ chez sa femme, pour la traiter de catin. Enfin, il se vainquit, il se remit à la besogne, en jurant qu'il les étranglerait, le soir. Ce fut la plus grande victoire qu'il remporta jamais sur lui-même.

L'après-midi, Nantas alla soumettre à l'empereur le projet définitif du budget. Celui-ci lui ayant fait quelques objections, il les discuta avec une lucidité parfaite. Mais il lui fallut promettre de modifier toute une partie de son travail. Le projet devait être déposé le lendemain.

« Sire, je passerai la nuit », dit-il.

Et, en revenant, il pensait : « Je les tuerai à minuit, et j'aurai ensuite jusqu'au jour pour terminer ce travail. »

Le soir, au dîner, le baron Danvilliers causa précisément de ce projet de budget, qui faisait grand bruit. Lui, n'approuvait pas toutes les idées de son gendre en matière de finances. Mais il les trouvait très larges, très remarquables. Pendant qu'il répondait au baron, Nantas, à plusieurs reprises, crut surprendre les yeux de sa femme fixés sur les siens. Souvent, maintenant, elle le regardait ainsi. Son regard ne s'attendrissait pas, elle l'écoutait simplement et semblait chercher à lire au-delà de son visage. Nantas pensa qu'elle craignait d'avoir été trahie. Aussi fit-il un effort pour paraître d'esprit dégagé : il causa beaucoup, s'éleva très haut, finit par convaincre son beau-père, qui céda devant sa grande intelligence. Flavie le regardait toujours ; et une mollesse à peine sensible avait un instant passé sur sa face.

Jusqu'à minuit, Nantas travailla dans son cabinet. Il s'était passionné peu à peu, plus rien n'existait que cette création, ce mécanisme financier qu'il avait lentement construit, rouage à rouage, au travers d'obstacles sans nombre. Quand la pendule sonna minuit, il leva instinctivement la tête. Un grand silence régnait dans l'hôtel. Tout d'un coup, il se souvint, l'adultère était là, au fond de cette ombre et de ce silence. Mais ce fut pour lui une peine que de quitter son fauteuil : il posa la plume à regret, fit quelques pas comme pour obéir à une volonté ancienne, qu'il ne retrouvait plus. Puis, une chaleur lui empourpra la face, une flamme alluma ses yeux. Et il monta à l'appartement de sa femme.

Ce soir-là, Flavie avait congédié de bonne heure sa femme de chambre. Elle voulait être seule. Jusqu'à minuit, elle resta dans le petit salon qui précédait sa chambre à coucher. Allongée sur une causeuse, elle avait pris un livre ; mais, à chaque instant, le livre tombait de ses mains, et elle songeait, les yeux perdus. Son visage s'était encore adouci, un sourire pâle y passait par moments.

Elle se leva en sursaut. On avait frappé.

« Qui est là ?

– Ouvrez », répondit Nantas.

Ce fut pour elle une si grande surprise, qu'elle ouvrit machinalement. Jamais son mari ne s'était ainsi présenté chez elle. Il entra, bouleversé ; la colère l'avait repris, en montant. Mlle Chuin, qui le guettait sur le palier, venait de lui murmurer à l'oreille que M. des Fondettes était là depuis deux heures. Aussi ne montra-t-il aucun ménagement.

« Madame, dit-il, un homme est caché dans votre chambre. »

Flavie ne répondit pas tout de suite, tellement sa pensée était loin. Enfin, elle comprit.

« Vous êtes fou, monsieur », murmura-t-elle.

Mais, sans s'arrêter à discuter, il marchait déjà vers la chambre. Alors, d'un bond, elle se mit devant la porte, en criant :

« Vous n'entrerez pas… Je suis ici chez moi, et je vous défends d'entrer ! »

Frémissante, grandie, elle gardait la porte. Un instant, ils restèrent immobiles, sans une parole, les yeux dans les yeux. Lui, le cou tendu, les mains en avant, allait se jeter sur elle, pour passer.

« Ôtez-vous de là, murmura-t-il d'une voix rauque. Je suis plus fort que vous, j'entrerai quand même.

– Non, vous n'entrerez pas, je ne veux pas. »

Follement, il répétait :

« Il y a un homme, il y a un homme… »

Elle, ne daignant même pas lui donner un démenti, haussait les épaules. Puis, comme il faisait encore un pas :

«Eh bien! mettons qu'il y ait un homme, qu'est-ce que cela peut vous faire? Ne suis-je pas libre?»

Il recula devant ce mot qui le cinglait comme un soufflet. En effet, elle était libre. Un grand froid le prit aux épaules, il sentit nettement qu'elle avait le rôle supérieur, et que lui jouait là une scène d'enfant malade et illogique. Il n'observait pas le traité, sa stupide passion le rendait odieux. Pourquoi n'était-il pas resté à travailler dans son cabinet? Le sang se retirait de ses joues, une ombre d'indicible souffrance blêmit son visage. Lorsque Flavie remarqua le bouleversement qui se faisait en lui, elle s'écarta de la porte, tandis qu'une douceur attendrissait ses yeux.

«Voyez», dit-elle simplement.

Et elle-même entra dans la chambre, une lampe à la main, tandis que Nantas demeurait sur le seuil. D'un geste, il lui avait dit que c'était inutile, qu'il ne voulait pas voir. Mais elle, maintenant, insistait. Comme elle arrivait devant le lit, elle souleva les rideaux, et M. des Fondettes apparut, caché derrière. Ce fut pour elle une telle stupeur, qu'elle eut un cri d'épouvante.

«C'est vrai, balbutia-t-elle éperdue, c'est vrai, cet homme était là... Je l'ignorais, oh! sur ma vie, je vous le jure!»

Puis, par un effort de volonté, elle se calma, elle parut même regretter ce premier mouvement qui venait de la pousser à se défendre.

«Vous aviez raison, monsieur, et je vous demande pardon», dit-elle à Nantas, en tâchant de retrouver sa voix froide.

Cependant, M. des Fondettes se sentait ridicule. Il faisait une mine sotte, il aurait donné beaucoup pour que le mari se fâchât. Mais Nantas se taisait. Il était simplement devenu très pâle. Quand il eut reporté ses regards de M. des Fondettes à Flavie, il s'inclina devant cette dernière, en prononçant cette seule phrase :

« Madame, excusez-moi, vous êtes libre. »

Et il tourna le dos, il s'en alla. En lui, quelque chose venait de se casser ; seul, le mécanisme des muscles et des os fonctionnait encore. Lorsqu'il se retrouva dans son cabinet, il marcha droit à un tiroir où il cachait un revolver. Après avoir examiné cette arme, il dit tout haut, comme pour prendre un engagement formel vis-à-vis de lui-même :

« Allons, c'est assez, je me tuerai tout à l'heure. »

Il remonta la lampe qui baissait, il s'assit devant son bureau et se remit tranquillement à la besogne. Sans une hésitation, au milieu du grand silence, il continua la phrase commencée. Un à un, méthodiquement, les feuillets s'entassaient. Deux heures plus tard, lorsque Flavie, qui avait chassé M. des Fondettes, descendit pieds nus pour écouter à la porte du cabinet, elle n'entendit que le petit bruit de la plume craquant sur le papier. Alors, elle se pencha, elle mit un œil au trou de la serrure. Nantas écrivait toujours avec le même calme, son visage exprimait la paix et la satisfaction du travail, tandis qu'un rayon de la lampe allumait le canon du revolver, près de lui.

V

La maison attenante au jardin de l'hôtel était maintenant la propriété de Nantas, qui l'avait achetée à son beau-père. Par un caprice, il défendait d'y louer l'étroite mansarde, où, pendant deux mois, il s'était débattu contre la misère, lors de son arrivée à Paris. Depuis sa grande fortune, il avait éprouvé, à diverses reprises, le besoin de monter s'y enfermer pour quelques heures. C'était là qu'il avait souffert, c'était là qu'il voulait triompher. Lorsqu'un obstacle se présentait, il aimait aussi à y réfléchir, à y prendre les grandes déterminations de sa vie. Il y redevenait ce qu'il était autrefois. Aussi, devant la nécessité du suicide, était-ce dans cette mansarde qu'il avait résolu de mourir.

Le matin, Nantas n'eut fini son travail que vers huit heures. Craignant que la fatigue ne l'assoupît, il se lava à grande eau. Puis, il appela successivement plusieurs employés, pour leur donner des ordres. Lorsque son secrétaire fut arrivé, il eut avec lui un entretien : le secrétaire devait porter sur-le-champ le projet de budget aux Tuileries, et fournir certaines explications, si l'empereur soulevait des objections nouvelles. Dès lors, Nantas crut avoir assez fait. Il laissait tout en ordre, il ne partirait pas comme un banqueroutier frappé de démence. Enfin, il s'appartenait, il pouvait disposer de lui, sans qu'on l'accusât d'égoïsme et de lâcheté.

Neuf heures sonnèrent. Il était temps. Mais, comme il allait quitter son cabinet, en emportant le revolver, il eut une dernière amertume à boire. Mlle Chuin se présenta pour toucher les dix mille francs promis. Il la paya, et dut subir sa familiarité. Elle se montrait maternelle, elle le traitait un peu comme un élève qui a réussi. S'il avait encore hésité, cette complicité honteuse l'aurait décidé au suicide. Il monta vivement et, dans sa hâte, laissa la clé sur la porte.

Rien n'était changé. Le papier avait les mêmes déchirures, le lit, la table et la chaise se trouvaient toujours là, avec leur odeur de pauvreté ancienne. Il respira un

moment cet air qui lui rappelait les luttes d'autrefois.
Puis, il s'approcha de la fenêtre et il aperçut la même
échappée de Paris, les arbres de l'hôtel, la Seine, les
quais, tout un coin de la rive droite, où le flot des maisons roulait, se haussait, se confondait, jusqu'aux lointains du Père-Lachaise.

Le revolver était sur la table boiteuse, à portée de sa
main. Maintenant, il n'avait plus de hâte, il était certain
que personne ne viendrait et qu'il se tuerait à sa guise.
Il songeait et se disait qu'il se retrouvait au même point
que jadis, ramené au même lieu, dans la même volonté
du suicide. Un soir déjà, à cette place, il avait voulu se
casser la tête ; il était trop pauvre alors pour acheter un
pistolet, il n'avait que le pavé de la rue, mais la mort
était quand même au bout. Ainsi, dans l'existence, il
n'y avait donc que la mort qui ne trompât pas, qui se
montrât toujours sûre et toujours prête. Il ne connaissait qu'elle de solide, il avait beau chercher, tout s'était
continuellement effondré sous lui, la mort seule restait
une certitude. Et il éprouva le regret d'avoir vécu dix
ans de trop. L'expérience qu'il avait faite de la vie, en
montant à la fortune et au pouvoir, lui paraissait pué-
rile. À quoi bon cette dépense de volonté, à quoi bon
tant de force produite, puisque, décidément, la volonté
et la force n'étaient pas tout ? Il avait suffi d'une passion pour le détruire, il s'était pris sottement à aimer
Flavie, et le monument qu'il bâtissait, craquait, s'écrou-
lait comme un château de cartes, emporté par l'haleine
d'un enfant. C'était misérable, cela ressemblait à la
punition d'un écolier maraudeur, sous lequel la branche
casse, et qui périt par où il a péché. La vie était bête,
les hommes supérieurs y finissaient aussi platement que
les imbéciles.

Nantas avait pris le revolver sur la table et l'armait lentement. Un dernier regret le fit mollir une seconde, à ce moment suprême. Que de grandes choses il aurait réalisées, si Flavie l'avait compris! Le jour où elle se serait jetée à son cou, en lui disant: «Je t'aime!» ce jour-là, il aurait trouvé un levier pour soulever le monde. Et sa dernière pensée était un grand dédain de la force, puisque la force, qui devait tout lui donner, n'avait pu lui donner Flavie.

Il leva son arme. La matinée était superbe. Par la fenêtre grande ouverte, le soleil entrait, mettant un éveil de jeunesse dans la mansarde. Au loin, Paris commençait son labeur de ville géante. Nantas appuya le canon sur sa tempe.

Mais la porte s'était violemment ouverte, et Flavie entra. D'un geste, elle détourna le coup, la balle alla s'enfoncer dans le plafond. Tous deux se regardaient. Elle était si essoufflée, si étranglée, qu'elle ne pouvait parler. Enfin, tutoyant Nantas pour la première fois, elle trouva le mot qu'il attendait, le seul mot qui pût le décider à vivre:

«Je t'aime! cria-t-elle à son cou, sanglotante, arrachant cet aveu à son orgueil, à tout son être dompté, je t'aime parce que tu es fort!»

Madame Sourdis

I

Tous les samedis, régulièrement, Ferdinand Sourdis venait renouveler sa provision de couleurs et de pinceaux dans la boutique du père Morand, un rez-de-chaussée noir et humide, qui dormait sur une étroite place de Mercœur, à l'ombre d'un ancien couvent transformé en collège communal. Ferdinand, qui arrivait de Lille, disait-on, et qui depuis un an était «pion» au collège, s'occupait de peinture avec passion, s'enfermant, donnant toutes ses heures libres à des études qu'il ne montrait pas.

Le plus souvent, il tombait sur Mlle Adèle, la fille du père Morand, qui peignait elle-même de fines aquarelles, dont on parlait beaucoup à Mercœur. Il faisait sa commande.

«Trois tubes de blanc, je vous prie, un d'ocre jaune, deux de vert Véronèse.»

Adèle, très au courant du petit commerce de son père, servait le jeune homme, en demandant chaque fois :

«Et avec ça ?

– C'est tout pour aujourd'hui, mademoiselle.»

Ferdinand glissait son petit paquet dans sa poche, payait avec une gaucherie de pauvre qui craint toujours de rester en affront, puis s'en allait. Cela durait depuis une année, sans autre événement.

La clientèle du père Morand se composait bien d'une douzaine de personnes. Mercœur, qui comptait huit mille âmes, avait une grande réputation pour ses tanne-

ries ; mais les beaux-arts y végétaient. Il y avait quatre
ou cinq galopins qui barbouillaient, sous l'œil pâle d'un
Polonais, un homme sec au profil d'oiseau malade ;
puis, les demoiselles Lévêque, les filles du notaire,
s'étaient mises «à l'huile», mais cela causait un scandale. Un seul client comptait, le célèbre Rennequin, un
enfant du pays qui avait eu de grands succès de peintre
dans la capitale, des médailles, des commandes, et
qu'on venait même de décorer. Quand il passait un mois
à Mercœur, au beau temps, cela bouleversait l'étroite
boutique de la place du Collège. Morand faisait venir
exprès des couleurs de Paris, et il se mettait lui-même
en quatre, et il recevait Rennequin découvert, en
l'interrogeant respectueusement sur ses nouveaux
triomphes. Le peintre, un gros homme bon diable, finissait par accepter à dîner et regardait les aquarelles de la
petite Adèle, qu'il déclarait un peu pâlottes, mais d'une
fraîcheur de rose.

« Autant ça que de la tapisserie, disait-il en lui pin-
çant l'oreille. Et ce n'est pas bête, il y a là-dedans une
petite sécheresse, une obstination qui arrive au style…
Hein ! travaille, et ne te retiens pas, fais ce que tu sens. »

Certes, le père Morand ne vivait pas de son commerce. C'était chez lui une manie ancienne, un coin
d'art qui n'avait pas abouti, et qui perçait aujourd'hui
chez sa fille. La maison lui appartenait, des héritages
successifs l'avaient enrichi, on lui donnait de six à huit
mille francs de rente. Mais il n'en tenait pas moins sa
boutique de couleurs, dans son petit salon du rez-de-
chaussée, dont la fenêtre servait de vitrine : un étroit éta-
lage, où il y avait des tubes, des bâtons d'encre de
Chine, des pinceaux, et où de temps à autre paraissaient
des aquarelles d'Adèle, entre des petits tableaux de sain-

teté, œuvres du Polonais. Des journées se passaient, sans qu'on vît un acheteur. Le père Morand vivait quand même heureux, dans l'odeur de l'essence, et lorsque Mme Morand, une vieille femme languissante, presque toujours couchée, lui conseillait de se débarrasser du «magasin», il s'emportait, en homme qui a la vague conscience de remplir une mission. Bourgeois et réactionnaire, au fond, d'une grande rigidité dévote, un instinct d'artiste manqué le clouait au milieu de ses quatre toiles. Où la ville aurait-elle acheté des couleurs? À la vérité, personne n'en achetait, mais des gens pouvaient en avoir envie. Et il ne désertait pas.

C'était dans ce milieu que Mlle Adèle avait grandi. Elle venait d'avoir vingt-deux ans. De petite taille, un peu forte, elle avait une figure ronde agréable, avec des yeux minces; mais elle était si pâle et si jaune, qu'on ne la trouvait pas jolie. On aurait dit une petite vieille, elle avait déjà le teint fatigué d'une institutrice vieillie dans la sourde irritation du célibat. Pourtant, Adèle ne souhaitait pas le mariage. Des partis s'étaient présentés, qu'elle avait refusés. On la jugeait fière, elle attendait un prince, sans doute; et de vilaines histoires couraient sur les familiarités paternelles que Rennequin, un vieux garçon débauché, se permettait avec elle. Adèle, très fermée, comme on dit, silencieuse et réfléchie d'habitude, paraissait ignorer ces calomnies. Elle vivait sans révolte, habituée à l'humidité blême de la place du Collège, voyant à toutes heures devant elle, depuis son enfance, le même pavé moussu, le même carrefour sombre où personne ne passait; deux fois par jour seulement, les galopins de la ville se bousculaient à la porte du collège; et c'était là son unique récréation. Mais elle ne s'ennuyait jamais, comme si elle eût suivi, sans un écart, un plan d'existence arrêté en elle depuis longtemps. Elle avait beaucoup de volonté et beaucoup d'ambition, avec une patience que rien ne lassait, ce qui trompait les gens sur son véritable caractère. Peu à peu, on la traitait en vieille fille. Elle semblait vouée pour toujours à ses aquarelles. Cependant, quand le célèbre Rennequin arrivait et parlait de Paris, elle l'écoutait, muette, toute blanche, et ses minces yeux noirs flambaient.

« Pourquoi n'envoies-tu pas tes aquarelles au Salon ? lui demanda un jour le peintre, qui continuait à la tutoyer en vieil ami. Je te les ferai recevoir. »

Mais elle eut un haussement d'épaules et dit avec une modestie sincère, gâtée pourtant par une pointe d'amertume :

« Oh ! de la peinture de femme, ça ne vaut pas la peine. »

La venue de Ferdinand Sourdis fut toute une grosse affaire pour le père Morand. C'était un client de plus, et un client très sérieux, car jamais personne à Mercœur n'avait fait une telle consommation de tubes. Pendant le premier mois, Morand s'occupa beaucoup du jeune homme, surpris de cette belle passion artistique chez un de ces « pions », qu'il méprisait pour leur saleté et leur oisiveté, depuis près de cinquante ans qu'il les voyait passer devant sa porte. Mais celui-ci, à ce qu'on lui raconta, appartenait à une grande famille ruinée ; et il avait dû, à la mort de ses parents, accepter une situation quelconque, pour ne pas mourir de faim. Il continuait ses études de peinture, il rêvait d'être libre, d'aller à Paris, de tenter la gloire. Une année se passa. Ferdinand semblait s'être résigné, cloué à Mercœur par la nécessité du pain quotidien. Le père Morand avait fini par le mettre dans ses habitudes, et il ne s'intéressait plus autrement à lui.

Un soir, cependant, une question de sa fille lui causa un étonnement. Elle dessinait sous la lampe, s'appliquant à reproduire avec une exactitude mathématique une photographie d'après un Raphaël, lorsque, sans lever la tête, elle dit, après un long silence :

« Papa, pourquoi ne demandes-tu pas une de ses toiles à M. Sourdis ?… On la mettrait dans la vitrine.

– Tiens ! c'est vrai, s'écria Morand. C'est une idée… Je n'ai jamais songé à voir ce qu'il faisait. Est-ce qu'il t'a montré quelque chose ?

– Non, répondit-elle. Je dis ça en l'air… Nous verrons au moins la couleur de sa peinture. »

Ferdinand avait fini par préoccuper Adèle. Il la frappait vivement par sa beauté de jeune blond, les cheveux coupés ras, mais la barbe longue, une barbe d'or, fine et légère, qui laissait voir sa peau rose. Ses yeux bleus avaient une grande douceur, tandis que ses petites mains souples, sa physionomie tendre et noyée, indiquaient toute une nature mollement voluptueuse. Il ne devait avoir que des crises de volonté. En effet, à deux reprises, il était resté trois semaines sans paraître ; la peinture était lâchée, et le bruit courait que le jeune homme menait une conduite déplorable, dans une maison qui faisait la honte de Mercœur. Comme il avait découché deux nuits, et qu'un soir il était rentré ivre mort, on avait parlé même un instant de le renvoyer du collège ; mais, à jeun, il se montrait si séduisant, qu'on le gardait, malgré ses abandons. Le père Morand évitait de parler de ces choses devant sa fille. Décidément, tous ces « pions » se valaient, des êtres sans moralité aucune ; et il avait pris devant celui-ci une attitude rogue de bourgeois scandalisé, tout en gardant une tendresse sourde pour l'artiste.

Adèle n'en connaissait pas moins les débauches de Ferdinand, grâce aux bavardages de la bonne. Elle se taisait, elle aussi. Mais elle avait réfléchi à ces choses, et s'était senti une colère contre le jeune homme, au point que, pendant trois semaines, elle avait évité de le servir, se retirant dès qu'elle le voyait se diriger vers la boutique. Ce fut alors qu'elle s'occupa beaucoup de lui et que toutes sortes d'idées vagues commencèrent à germer en elle. Il était devenu intéressant. Quant il passait, elle le suivait des yeux ; puis, réfléchissait, penchée sur ses aquarelles, du matin au soir.

« Eh bien ! demanda-t-elle le dimanche à son père, est-ce qu'il t'apportera un tableau ? »

La veille, elle avait manœuvré de façon à ce que son père se trouvât à la boutique, lorsque Ferdinand s'était présenté.

« Oui, dit Morand, mais il s'est fait joliment prier… Je ne sais pas si c'est de la pose ou de la modestie. Il s'excusait, il disait que ça ne valait pas la peine d'être montré… Nous aurons le tableau demain. »

Le lendemain, comme Adèle rentrait le soir d'une promenade aux ruines du vieux château de Mercœur, où elle était allée prendre un croquis, elle s'arrêta, muette et absorbée, devant une toile sans cadre, posée sur un chevalet, au milieu de la boutique. C'était le tableau de Ferdinand Sourdis. Il représentait le fond d'un large fossé, avec un grand talus vert, dont la ligne horizontale coupait le ciel bleu ; et là une bande de collégiens en promenade s'ébattait, tandis que le « pion » lisait, allongé dans l'herbe : un motif que le peintre avait dû dessiner sur nature. Mais Adèle était toute déconcertée par certaines vibrations de la couleur et certaines audaces de dessin, qu'elle n'aurait jamais osées elle-même. Elle montrait dans ses propres travaux une habileté extraordinaire, au point qu'elle s'était approprié le métier compliqué de Rennequin et de quelques autres artistes dont elle aimait les œuvres. Seulement, il y avait dans ce nouveau tempérament qu'elle ne connaissait pas, un accent personnel qui la surprenait.

«Eh bien! demanda le père Morand, debout derrière elle, attendant sa décision. Qu'en penses-tu?»

Elle regardait toujours. Enfin, elle murmura, hésitante et prise pourtant:

«C'est drôle… C'est très joli…»

Elle revint plusieurs fois devant la toile, l'air sérieux. Le lendemain, comme elle l'examinait encore, Rennequin, qui se trouvait justement à Mercœur, entra dans la boutique et poussa une légère exclamation:

«Tiens! qu'est-ce que c'est que ça?»

Il regardait, stupéfait. Puis, attirant une chaise, s'asseyant devant la toile, il détailla le tableau, il s'enthousiasma peu à peu.

«Mais c'est très curieux!… Le ton est d'une finesse et d'une vérité… Voyez donc les blancs des chemises qui se détachent sur le vert… Et original! une vraie note!… Dis donc, fillette, ce n'est pas toi qui as peint ça?»

Adèle écoutait, rougissant, comme si on lui avait fait à elle-même ces compliments. Elle se hâta de répondre:

«Non, non. C'est ce jeune homme, vous savez, celui qui est au collège.

– Vrai, ça te ressemble, continuait le peintre. C'est toi, avec de la puissance… Ah! c'est de ce jeune homme; eh bien! il a du talent, et beaucoup. Un tableau pareil aurait un grand succès au Salon.»

Rennequin dînait le soir avec les Morand, honneur qu'il leur faisait à chacun de ses voyages. Il parla peinture toute la soirée, revenant plusieurs fois sur Ferdinand Sourdis, qu'il se promettait de voir et d'encourager. Adèle, silencieuse, l'écoutait parler de Paris, de la vie qu'il y menait, des triomphes qu'il y obtenait ; et, sur son front pâle de jeune fille réfléchie, une ride profonde se creusait, comme si une pensée entrait et se fixait là, pour n'en plus sortir. Le tableau de Ferdinand fut encadré et exposé dans la vitrine, où les demoiselles Lévêque vinrent le voir ; mais elles ne le trouvèrent pas assez fini et le Polonais, très inquiet, répandit dans la ville que c'était de la peinture d'une nouvelle école, qui niait Raphaël. Pourtant, le tableau eut du succès ; on trouvait ça joli, les familles venaient en procession reconnaître les collégiens qui avaient posé. La situation de Ferdinand au collège n'en fut pas meilleure. Des professeurs se scandalisaient du bruit fait autour de ce «pion», assez peu moral pour prendre comme modèles les enfants dont on lui confiait la surveillance. On le garda cependant, en lui faisant promettre d'être plus sérieux à l'avenir. Quand Rennequin l'alla voir pour le complimenter, il le trouva pris de découragement, pleurant presque, parlant de lâcher la peinture.

«Laissez donc ! lui dit-il avec sa brusque bonhomie. Vous avez assez de talent pour vous moquer de tous ces cocos-là… Et ne vous inquiétez pas, votre jour viendra, vous arriverez bien à vous tirer de la misère comme les camarades. J'ai servi les maçons, moi qui vous parle… En attendant, travaillez ; tout est là.»

Alors, une nouvelle vie commença pour Ferdinand. Il entra peu à peu dans l'intimité des Morand. Adèle s'était mise à copier son tableau : *La Promenade*. Elle

abandonnait ses aquarelles et se risquait dans la peinture à l'huile. Rennequin avait dit un mot très juste : elle
avait, comme artiste, les grâces du jeune peintre, sans
en avoir les virilités, ou du moins elle possédait déjà sa
facture, même d'une habileté et d'une souplesse plus
grandes, se jouant des difficultés. Cette copie, lentement
et soigneusement faite, les rapprocha davantage. Adèle
démonta Ferdinand, pour ainsi dire, posséda bientôt son
procédé, au point qu'il restait très étonné de se voir
dédoublé ainsi, interprété et reproduit littéralement, avec
une discrétion toute féminine. C'était lui, sans accent,
mais plein de charme. À Mercœur, la copie d'Adèle eut
beaucoup plus de succès que l'original de Ferdinand.
Seulement, on commençait à chuchoter d'abominables
histoires.

À la vérité, Ferdinand ne songeait guère à ces choses.
Adèle ne le tentait pas du tout. Il avait des habitudes de
vices qu'il contentait ailleurs et très largement, ce qui
le laissait très froid près de cette petite bourgeoise, dont
l'embonpoint jaune lui était même désagréable. Il la
traitait simplement en artiste, en camarade. Quand ils
causaient, ce n'était jamais que sur la peinture. Il s'en-
flammait, il rêvait tout haut de Paris, s'emportant contre
la misère qui le clouait à Mercœur. Ah ! s'il avait eu de
quoi vivre, comme il aurait planté là le collège ! Le succès lui semblait certain. Cette misérable question de l'argent, de la vie quotidienne à gagner, le jetait dans des
rages. Et elle l'écoutait, très grave, ayant l'air, elle aussi,
d'étudier la question, de peser les chances du succès.
Puis, sans jamais s'expliquer davantage, elle lui disait
d'espérer.

Brusquement, un matin, on trouva le père Morand
mort dans sa boutique. Une attaque d'apoplexie l'avait

foudroyé, comme il déballait une caisse de couleurs et de pinceaux. Quinze jours se passèrent. Ferdinand avait évité de troubler la douleur de la fille et de la mère. Quand il se présenta de nouveau, rien n'avait changé. Adèle peignait, en robe noire ; Mme Morand restait dans sa chambre, à sommeiller. Et les habitudes reprirent, les causeries sur l'art, les rêves de triomphe à Paris. Seulement, l'intimité des jeunes gens était plus grande. Mais jamais une familiarité tendre, jamais une parole d'amour ne les troublaient, dans leur amitié purement intellectuelle.

Un soir, Adèle, plus grave que de coutume, s'expliqua avec netteté après avoir regardé longuement Ferdinand de son clair regard. Elle l'avait sans doute assez étudié, l'heure était venue de prendre une résolution.

« Écoutez, dit-elle. Il y a longtemps que je veux vous parler d'un projet… Aujourd'hui, je suis seule. Ma mère ne compte guère. Et vous me pardonnerez, si je vous parle directement… »

Il attendait, surpris. Alors, sans un embarras, avec une grande simplicité, elle lui montra sa position, elle revint sur les plaintes continuelles qu'il laissait échapper. L'argent seul lui manquait. Il serait célèbre dans quelques années, s'il avait eu les premières avances nécessaires pour travailler librement et se produire à Paris.

« Eh bien ! conclut-elle, permettez-moi de venir à votre aide. Mon père m'a laissé cinq mille francs de rente, et je puis en disposer tout de suite, car le sort de ma mère est également assuré. Elle n'a aucun besoin de moi. »

Mais Ferdinand se récriait. Jamais il n'accepterait un pareil sacrifice, jamais il ne la dépouillerait. Elle le regardait fixement, voyant qu'il n'avait pas compris.

«Nous irions à Paris, reprit-elle avec lenteur, l'avenir serait à nous…»

Puis, comme il restait effaré, elle eut un sourire, elle lui tendit la main, en lui disant d'un air de bonne camaraderie :

«Voulez-vous m'épouser, Ferdinand?… C'est encore moi qui serai votre obligée, car vous savez que je suis une ambitieuse ; oui, j'ai toujours rêvé la gloire, et c'est vous qui me la donnerez.»

Il balbutiait, ne se remettait pas de cette offre brusque ; tandis que, tranquillement, elle achevait de lui exposer son projet, longtemps mûri. Puis, elle se fit maternelle, en exigeant de lui un seul serment : celui de se bien conduire. Le génie ne pouvait aller sans l'ordre. Et elle lui donna à entendre qu'elle connaissait ses débordements, que cela ne l'arrêtait pas, mais qu'elle entendait le corriger. Ferdinand comprit parfaitement quel marché elle lui offrait : elle apportait l'argent, il devait apporter la gloire. Il ne l'aimait pas, il éprouvait même à ce moment un véritable malaise, à l'idée de la posséder. Cependant, il tomba à genoux, il la remercia, et il ne trouva que cette phrase, qui sonna faux à ses oreilles :

«Vous serez mon bon ange.»

Alors, dans sa froideur, elle fut emportée par un grand élan ; elle le prit dans une étreinte et le baisa au visage, car elle l'aimait, séduite par sa beauté de jeune blond. Sa passion endormie se réveillait. Elle faisait là une affaire où ses désirs longtemps refoulés trouvaient leur compte.

Trois semaines plus tard, Ferdinand Sourdis était marié. Il avait cédé moins à un calcul qu'à des nécessités et à une série de faits dont il n'avait su comment sortir.

On avait vendu le fonds de tubes et de pinceaux à un petit papetier du voisinage. Mme Morand ne s'était pas émue le moins du monde, habituée à la solitude. Et le jeune ménage venait de partir tout de suite pour Paris, emportant *La Promenade* dans une malle, laissant Mercœur bouleversé par un dénouement si prompt. Les demoiselles Lévêque disaient que Mme Sourdis n'avait que juste le temps d'aller faire ses couches dans la capitale.

II

Mme Sourdis s'occupa de l'installation. C'était rue d'Assas, dans un atelier dont la grande baie vitrée donnait sur les arbres du Luxembourg. Comme les ressources du ménage étaient modestes, Adèle fit des miracles pour avoir un intérieur confortable sans trop dépenser. Elle voulait retenir Ferdinand près d'elle, lui faire aimer son atelier. Et, dans les premiers temps, la vie à deux, au milieu de ce grand Paris, fut vraiment charmante.

L'hiver finissait. Les premières belles journées de mars avaient une grande douceur. Dès qu'il apprit l'arrivée du jeune peintre et de sa femme, Rennequin accourut. Le mariage ne l'avait pas étonné, bien qu'il s'emportât d'ordinaire contre les unions entre artistes ; selon lui, ça tournait toujours mal, il fallait que l'un des deux mangeât l'autre. Ferdinand mangerait Adèle, voilà tout ; et c'était tant mieux pour lui, puisque ce garçon avait besoin d'argent. Autant mettre dans son lit une fille peu appétissante, que de vivre de vache enragée dans les restaurants à quatorze sous.

Lorsque Rennequin entra, il aperçut *La Promenade*, richement encadrée, posée sur un chevalet, au beau milieu de l'atelier.

« Ah ! ah ! dit-il gaiement, vous avez apporté le chef-d'œuvre. »

Il s'était assis, il se récriait de nouveau sur la finesse du ton, sur l'originalité spirituelle de l'œuvre. Puis, brusquement :

« J'espère que vous envoyez ça au Salon. C'est un triomphe certain… Vous arrivez juste à temps.

– C'est ce que je lui conseille, dit Adèle avec douceur. Mais il hésite, il voudrait débuter par quelque chose de plus grand, de plus complet. »

Alors Rennequin s'emporta. Les œuvres de jeunesse étaient bénies. Jamais peut-être Ferdinand ne retrouverait cette fleur d'impression, ces naïves hardiesses du début. Il fallait être un âne bâté pour ne pas sentir ça. Adèle souriait de cette violence. Certes, son mari irait plus loin, elle espérait bien qu'il ferait mieux, mais elle était heureuse de voir Rennequin combattre les étranges inquiétudes qui agitaient Ferdinand à la dernière heure. Il fut convenu que, dès le lendemain, on enverrait *La Promenade* au Salon ; les délais expiraient dans trois jours. Quant à la réception, elle était certaine, Rennequin faisant partie du jury, sur lequel il exerçait une influence considérable.

Au Salon, *La Promenade* eut un succès énorme. Pendant six semaines, la foule se pressa devant la toile. Ferdinand eut ce coup de foudre de la célébrité, tel qu'il se produit souvent à Paris, d'un jour à l'autre. Même la chance voulut qu'il fût discuté, ce qui doubla son succès. On ne l'attaquait pas brutalement, certains le chicanaient seulement sur des détails que d'autres défendaient avec passion. En somme, *La Promenade* fut déclarée un petit chef-d'œuvre, et l'Administration en offrit tout de suite six mille francs. Cela avait la pointe d'originalité nécessaire pour piquer le goût blasé du plus grand nombre, sans que pourtant le tempérament du peintre débordât au point de blesser les gens : en somme tout juste ce qu'il fallait au public de nouveauté et de puissance. On cria à la venue d'un maître, tant cet aimable équilibre enchantait.

Pendant que son mari triomphait ainsi bruyamment parmi la foule et dans la presse, Adèle, qui avait envoyé elle aussi ses essais de Mercœur, des aquarelles très fines, ne trouvait son nom nulle part, ni dans la bouche des visiteurs, ni dans les articles des journaux. Mais elle était sans envie, sa vanité d'artiste ne souffrait même aucunement. Elle avait mis tout son orgueil dans son beau Ferdinand. Chez cette fille silencieuse, qui avait comme moisi pendant vingt-deux ans dans l'ombre humide de la province, chez cette bourgeoise froide et jaunie, une passion de cœur et de tête avait éclaté, avec une violence extraordinaire. Elle aimait Ferdinand pour la couleur d'or de sa barbe, pour sa peau rose, pour le charme et la grâce de toute sa personne ; et cela au point d'être jalouse, de souffrir de ses plus courtes absences, de le surveiller continuellement, avec la peur qu'une autre femme ne le lui volât. Lorsqu'elle se regardait dans une glace, elle avait bien conscience de son infériorité, de sa taille épaisse et de son visage déjà plombé. Ce n'était pas elle, c'était lui qui avait apporté la beauté dans le ménage ; et elle lui devait même ce qu'elle aurait dû avoir. Son cœur se fondait à cette pensée que tout venait de lui. Puis, sa tête travaillait, elle l'admirait comme un maître. Alors, une reconnaissance infinie l'emplissait, elle se mettait de moitié dans son talent, dans ses victoires, dans cette célébrité qui allait la hausser elle-même au milieu d'une apothéose. Tout ce qu'elle avait rêvé se réalisait, non plus par elle-même, mais par un autre elle-même, qu'elle aimait à la fois en disciple, en mère et en épouse. Au fond, dans son orgueil, Ferdinand serait son œuvre, et il n'y avait qu'elle là-dedans, après tout.

Ce fut pendant ces premiers mois qu'un enchantement perpétuel embellit l'atelier de la rue d'Assas. Adèle, malgré cette idée que tout lui venait de Ferdinand, n'avait aucune humilité ; car la pensée qu'elle avait fait ces choses lui suffisait. Elle assistait avec un sourire attendri à l'épanouissement du bonheur qu'elle voulait et qu'elle cultivait. Sans que cette idée eût rien de bas, elle se disait que sa fortune avait seule pu réaliser ce bonheur. Aussi tenait-elle sa place, en se sentant nécessaire. Il n'y avait, dans son admiration et dans son adoration, que le tribut volontaire d'une personnalité qui consent à se laisser absorber, au profit d'une œuvre qu'elle regarde comme sienne et dont elle entend vivre. Les grands arbres du Luxembourg verdissaient, des chants d'oiseaux entraient dans l'atelier, avec les souffles tièdes des belles journées. Chaque matin, de nouveaux journaux arrivaient, avec des éloges ; on publiait le portrait de Ferdinand, on reproduisait son tableau par tous les procédés et dans tous les formats. Et les deux jeunes mariés buvaient cette publicité bruyante, sentaient avec une joie d'enfants l'énorme et éclatant Paris s'occuper d'eux, tandis qu'ils déjeunaient sur leur petite table, dans le silence délicieux de leur retraite.

Cependant, Ferdinand ne s'était pas remis au travail. Il vivait dans la fièvre, dans une surexcitation qui lui

ôtait, disait-il, toute la sûreté de la main. Trois mois
avaient passé, il renvoyait toujours au lendemain les
études d'un grand tableau auquel il songeait depuis
longtemps : une toile qu'il intitulait *Le Lac*, une allée du
bois de Boulogne, à l'heure où la queue des équipages
roule lentement, dans la lumière blonde du couchant.
Déjà, il était allé prendre quelques croquis ; mais il
n'avait plus la belle flamme de ses jours de misère. Le
bien-être où il vivait semblait l'endormir ; puis, il jouis-
sait de son brusque triomphe, en homme qui tremblait
de le gâter par une œuvre nouvelle. Maintenant, il était
toujours dehors. Souvent, il disparaissait le matin pour
ne reparaître que le soir ; à deux ou trois reprises, il rentra fort tard. C'étaient de continuels prétextes à sorties
et à absences : une visite à un atelier, une présentation à
un maître contemporain, des documents à rassembler
pour l'œuvre future, surtout des dîners d'amis. Il avait
retrouvé plusieurs de ses camarades de Lille, il faisait
déjà partie de diverses sociétés d'artistes, ce qui le lan-
çait dans de continuels plaisirs, dont il revenait échauffé,
fiévreux, parlant fort, avec des yeux brillants.

Adèle ne s'était pas encore permis un seul reproche.
Elle souffrait beaucoup de cette dissipation croissante,
qui lui prenait son mari et la laissait seule pendant de
longues heures. Mais elle plaidait elle-même contre
sa jalousie et ses craintes : il fallait bien que Ferdinand
fît ses affaires ; un artiste n'était pas un bourgeois qui
pouvait garder le coin de son feu ; il avait besoin de
connaître le monde, il se devait à son succès. Et elle
éprouvait presque un remords de ses sourdes révoltes,
lorsque Ferdinand lui jouait la comédie de l'homme
excédé par ses obligations mondaines, en lui jurant qu'il
avait de tout cela « plein le dos » et qu'il aurait tout

donné pour ne jamais quitter sa petite femme. Une fois même, ce fut elle qui le mit dehors, comme il faisait mine de ne pas vouloir se rendre à un déjeuner de garçons, où l'on devait l'aboucher avec un très riche amateur. Puis, quand elle était seule, Adèle pleurait. Elle voulait être forte ; et toujours elle voyait son mari avec d'autres femmes, elle avait le sentiment qu'il la trompait, ce qui la rendait si malade, qu'elle devait parfois se mettre au lit, dès qu'il l'avait quittée.

Souvent Rennequin venait chercher Ferdinand. Alors, elle tâchait de plaisanter.

« Vous serez sages, n'est-ce pas ? Vous savez, je vous le confie.

– N'aie donc pas peur ! répondait le peintre en riant. Si on l'enlève, je serai là… Je te rapporterai toujours son chapeau et sa canne. »

Elle avait confiance en Rennequin. Puisque lui aussi emmenait Ferdinand, c'était qu'il le fallait. Elle se ferait à cette existence. Mais elle soupirait, en songeant à leurs premières semaines de Paris, avant le tapage du Salon, lorsqu'ils passaient tous les deux des journées si heureuses, dans la solitude de l'atelier. Maintenant, elle était seule à y travailler, elle avait repris ses aquarelles avec acharnement, pour tuer les heures. Dès que Ferdinand avait tourné le coin de la rue en lui envoyant un dernier adieu, elle refermait la fenêtre et se mettait à la besogne. Lui, courait les rues, allait Dieu savait où, s'attardait dans les endroits louches, revenait brisé de fatigue et les yeux rougis. Elle, patiente, entêtée, restait les journées entières devant sa petite table, à reproduire continuellement les études qu'elle avait apportées de Mercœur, des bouts de paysages attendris, qu'elle traitait avec une habileté de plus en plus étonnante.

C'était sa tapisserie, comme elle le disait avec un sourire pincé.

Un soir, elle veillait en attendant Ferdinand, très absorbée dans la copie d'une gravure qu'elle exécutait à la mine de plomb, lorsque le bruit sourd d'une chute, à la porte même de l'atelier, la fit tressaillir. Elle appela, se décida à ouvrir et se trouva en présence de son mari, qui tâchait de se relever, en riant d'un rire épais. Il était ivre.

Adèle, toute blanche, le remit sur pieds, le soutint en le poussant vers leur chambre. Il s'excusait, bégayait des mots sans suite. Elle, sans une parole, l'aida à se déshabiller. Puis, quand il fut dans le lit, ronflant, assommé par l'ivresse, elle ne se coucha pas, elle passa la nuit dans un fauteuil, les yeux ouverts, à réfléchir. Une ride coupait son front pâle. Le lendemain, elle ne parla pas à Ferdinand de la scène honteuse de la veille. Il était fort gêné, encore étourdi, les yeux gros et la bouche amère. Ce silence absolu de sa femme redoubla son embarras ; et il ne sortit pas de deux jours, il se fit très humble, il se remit au travail avec un empressement d'écolier qui a une faute à se faire pardonner. Il se décida à établir les grandes lignes de son tableau, consultant Adèle, s'appliquant à lui montrer en quelle estime il la tenait. Elle était d'abord restée silencieuse et très froide, comme un reproche vivant, toujours sans se permettre la moindre allusion. Puis, devant le repentir de Ferdinand, elle redevint naturelle et bonne ; tout fut tacitement pardonné et oublié. Mais, le troisième jour, Rennequin étant venu prendre son jeune ami pour le faire dîner avec un critique d'art célèbre, au Café Anglais, Adèle dut attendre son mari jusqu'à quatre heures du matin ; et, quand il reparut, il avait une plaie

sanglante au-dessus de l'œil gauche, quelque coup de
bouteille attrapé dans une querelle de mauvais lieu. Elle
le coucha et le pansa. Rennequin l'avait quitté sur le
boulevard, à onze heures.

Alors ce fut réglé. Ferdinand ne put accepter un dîner,
se rendre à une soirée, s'absenter le soir sous un pré-
texte quelconque, sans rentrer chez lui dans un état abominable. Il revenait affreusement gris, avec des noirs sur
la peau, rapportant dans ses vêtements défaits des
odeurs infâmes, l'âcreté de l'alcool et le musc des filles.
C'étaient des vices monstrueux où il retombait toujours,
par une lâcheté de tempérament. Et Adèle ne sortait pas
de son silence, le soignait chaque fois avec une rigidité
de statue, sans le questionner, sans le souffleter de sa
conduite. Elle lui faisait du thé, lui tenait la cuvette, net-
toyait tout, ne voulant pas réveiller la bonne et cachant
son état comme une honte que la pudeur lui défendait
de montrer. D'ailleurs, pourquoi l'aurait-elle interrogé ?
Chaque fois, elle reconstruisait aisément le drame, la
pointe d'ivresse prise avec des amis, puis les courses
enragées dans le Paris nocturne, la débauche crapuleuse,
avec des inconnus emmenés de cabaret en cabaret, avec
des femmes rencontrées au coin d'un trottoir, disputées
à des soldats et brutalisées dans la saleté de quelque tau-
dis. Parfois, elle retrouvait au fond de ses poches des
adresses étranges, des débris ignobles, toutes sortes de
preuves qu'elle se hâtait de brûler, pour ne rien savoir
de ces choses. Quand il était égratigné par des ongles
de femme, quand il lui revenait blessé et sali, elle se rai-
dissait davantage, elle le lavait, dans un silence hautain,
qu'il n'osait rompre. Puis, le lendemain, après le drame
de ces nuits de débauche, lorsqu'il se réveillait et qu'il la
trouvait muette devant lui, ils n'en parlaient ni l'un ni

l'autre, ils semblaient avoir fait tous les deux un cauchemar, et le train de leur vie reprenait.

Une seule fois, Ferdinand, en une crise d'attendrissement involontaire, s'était au réveil jeté à son cou, avec des sanglots, en balbutiant :

« Pardonne-moi, pardonne-moi ! »

Mais elle l'avait repoussé, mécontente, feignant d'être surprise.

« Comment ! te pardonner ?… Tu n'as rien fait. Je ne me plains pas. »

Et cet entêtement à paraître ignorer ses fautes, cette supériorité d'une femme qui se possédait au point de commander à ses passions, avait rendu Ferdinand tout petit.

À la vérité, Adèle agonisait de dégoût et de colère, dans l'attitude qu'elle avait prise. La conduite de Ferdinand révoltait en elle toute une éducation dévote, tout un sentiment de correction et de dignité. Son cœur se soulevait, quand il rentrait empoisonnant le vice, et qu'elle devait le toucher de ses mains et passer le reste de la nuit dans son haleine. Elle le méprisait. Mais, au fond de ce mépris, il y avait une jalousie atroce contre les amis, contre les femmes qui le lui renvoyaient ainsi souillé, dégradé. Ces femmes, elle aurait voulu les voir râler sur le trottoir, elle s'en faisait des monstres, ne comprenant pas comment la police n'en débarrassait pas les rues à coups de fusil. Son amour n'avait pas diminué. Quand l'homme la dégoûtait, certains soirs, elle se réfugiait dans son admiration pour l'artiste ; et cette admiration restait comme épurée, à ce point que, parfois, en bourgeoise pleine de légendes sur les désordres nécessaires du génie, elle finissait par accepter l'inconduite de Ferdinand ainsi que le fumier fatal des grandes œuvres. D'ailleurs, si ses délicatesses de femme, si ses tendresses d'épouse étaient blessées par les trahisons dont il la récompensait si mal, elle lui reprochait peut-être plus amèrement de ne pas tenir ses engagements de travail, de briser le contrat qu'ils avaient fait, elle en apportant la vie matérielle, lui en apportant la gloire. Il y avait là un manque de parole qui l'indignait, et elle en arrivait à chercher un moyen de sauver au moins l'artiste, dans ce désastre de l'homme. elle voulait être très forte, car il fallait qu'elle fût le maître.

En moins d'une année, Ferdinand se sentit redevenir un enfant. Adèle le dominait de toute sa volonté. C'était elle le mâle, dans cette bataille de la vie. À chacune de ses fautes, chaque fois qu'elle l'avait soigné sans un reproche, avec une pitié sévère, il était devenu plus humble, devinant son mépris, courbant la tête. Entre eux, aucun mensonge n'était possible ; elle était la raison, l'honnêteté, la force, tandis qu'il roulait à toutes les faiblesses, à toutes les déchéances ; et ce dont il souffrait le plus, ce qui l'anéantissait devant elle, c'était cette froideur de juge qui n'ignore rien, qui pousse le dédain jusqu'au pardon, sans croire même devoir sermonner le coupable, comme si la moindre explication devait porter atteinte à la dignité du ménage. Elle ne parlait pas, pour rester haute, pour ne pas descendre elle-même et se salir à cette ordure. Si elle s'était emportée, si elle lui avait jeté à la face ses amours d'une nuit, en femme que la jalousie enrage, il aurait certainement moins souffert. En s'abaissant, elle l'aurait redressé. Comme il était petit, et quel sentiment d'infériorité, lorsqu'il s'éveillait, brisé de honte, avec la certitude qu'elle savait tout et qu'elle ne daignait se plaindre de rien !

Cependant, son tableau marchait, il avait compris que
son talent restait sa seule supériorité. Quand il travaillait,
Adèle retrouvait pour lui ses tendresses de femme ; elle
redevenait petite à son tour, étudiait respectueusement
son œuvre, debout derrière lui, et se montrait d'autant
plus soumise que la besogne de la journée était
meilleure. Il était son maître, c'était le mâle qui reprenait sa place dans le ménage. Mais d'invincibles
paresses le tenaient maintenant. Quand il était rentré
brisé, comme vidé par la vie qu'il menait, ses mains gar-
daient des mollesses, il hésitait, n'avait plus l'exécution
franche. Certains matins, une impuissance radicale
engourdissait tout son être. Alors, il se traînait la journée entière, devant sa toile, prenant sa palette pour la
rejeter bientôt, n'arrivant à rien et s'enrageant ; ou bien
il s'endormait sur un canapé d'un sommeil de plomb,
dont il ne se réveillait que le soir, avec des migraines
atroces. Adèle, ces jours-là, le regardait en silence. Elle
marchait sur la pointe des pieds, pour ne pas l'énerver
et ne pas effaroucher l'inspiration, qui allait venir sans
doute ; car elle croyait à l'inspiration, à une flamme invi-
sible qui entrait par la fenêtre ouverte et se posait sur le
front de l'artiste élu. Puis, des découragements la las-
saient elle-même, elle était prise d'une inquiétude, à la
pensée encore vague que Ferdinand pouvait faire ban-
queroute, en associé infidèle.

On était en février, l'époque du Salon approchait. Et
Le Lac ne s'achevait pas. Le gros travail était fait, la
toile se trouvait entièrement couverte ; seulement, à part
certaines parties très avancées, le reste restait brouillé
et incomplet. On ne pouvait envoyer la toile ainsi, à
l'état d'ébauche. Il y manquait cet ordre dernier, ces
lumières, ce fini qui décident d'une œuvre ; et Ferdinand

n'avançait plus, il se perdait dans les détails, détruisait le soir ce qu'il avait fait le matin, tournant sur lui-même, se dévorant dans son impuissance. Un soir, à la tombée du crépuscule, comme Adèle rentrait d'une course lointaine, elle entendit, dans l'atelier plein d'ombre, un bruit de sanglots. Devant sa toile, affaissé sur une chaise, elle aperçut son mari immobile.

« Mais tu pleures ! dit-elle très émue. Qu'as-tu donc ?
– Non, non, je n'ai rien », bégaya-t-il.

Depuis une heure, il était tombé là, à regarder stupidement cette toile, où il ne voyait plus rien. Tout dansait devant ses regards troubles. Son œuvre était un chaos qui lui semblait absurde et lamentable ; et il se sentait paralysé, faible comme un enfant, d'une impuissance absolue à mettre de l'ordre dans ce gâchis de couleurs. Puis, quand l'ombre avait peu à peu effacé la toile, quand tout, jusqu'aux notes vives, avait sombré dans le noir comme dans un néant, il s'était senti mourir, étranglé par une tristesse immense. Et il avait éclaté en sanglots.

« Mais tu pleures, je le sens, répéta la jeune femme qui venait de porter les mains à son visage trempé de larmes chaudes. Est-ce que tu souffres ? »

Cette fois, il ne put répondre. Une nouvelle crise de sanglots l'étranglait. Alors, oubliant sa sourde rancune, cédant à une pitié pour ce pauvre homme insolvable, elle le baisa maternellement dans les ténèbres. C'était la faillite.

III

Le lendemain, Ferdinand fut obligé de sortir après le déjeuner. Lorsqu'il revint, deux heures plus tard, et qu'il se fut absorbé comme à son habitude devant sa toile, il eut une légère exclamation.

«Tiens, on a donc touché à mon tableau!»

À gauche, on avait terminé un coin du ciel et un bouquet de feuillages. Adèle, penchée sur sa table, s'appliquant à une de ses aquarelles, ne répondit pas tout de suite.

«Qui est-ce qui s'est permis de faire ça? reprit-il plus étonné que fâché. Est-ce que Rennequin est venu?

– Non, dit enfin Adèle sans lever la tête. C'est moi qui me suis amusée… C'est dans les fonds, ça n'a pas d'importance.»

Ferdinand se mit à rire d'un rire gêné.

«Tu collabores donc, maintenant? Le ton est très juste, seulement il y a là une lumière qu'il faut atténuer.

– Où donc? demanda-t-elle en quittant sa table. Ah! oui, cette branche.»

Elle avait pris un pinceau et elle fit la correction. Lui, la regardait. Au bout d'un silence, il se remit à lui donner des conseils, comme à une élève, tandis qu'elle continuait le ciel. Sans qu'une explication plus nette eût lieu, il fut entendu qu'elle se chargerait de finir les fonds. Le temps pressait, il fallait se hâter. Et il mentait, il se disait malade, ce qu'elle acceptait d'un air naturel.

«Puisque je suis malade, répétait-il à chaque instant, ton aide me soulagera beaucoup… Les fonds n'ont pas d'importance.»

Dès lors, il s'habitua à la voir devant son chevalet. De temps à autre, il quittait le canapé, s'approchait en bâillant, jugeait d'un mot sa besogne, parfois lui faisait recommencer un morceau. Il était très raide comme professeur. Le second jour, se disant de plus en plus souffrant, il avait décidé qu'elle avancerait d'abord les fonds, avant qu'il terminât lui-même les premiers plans ; cela, d'après lui, devait faciliter le travail ; on verrait plus clair, on irait plus vite. Et ce fut toute une semaine de paresse absolue, de longs sommeils sur le canapé, pendant que sa femme, silencieuse, passait la journée debout devant le tableau. Ensuite, il se secoua, il attaqua les premiers plans. Mais il la garda près de lui ; et, quand il s'impatientait, elle le calmait, elle achevait les détails qu'il lui indiquait. Souvent, elle le renvoyait, en lui conseillant d'aller prendre l'air dans le jardin du Luxembourg. Puisqu'il n'était pas bien portant, il devait se ménager ; ça ne lui valait rien de s'échauffer la tête ainsi ; et elle se faisait très affectueuse. Puis, restée seule, elle se dépêchait, travaillait avec une obstination de femme, ne se gênant pas pour pousser les premiers plans le plus possible. Lui, en était à une telle lassitude, qu'il ne s'apercevait pas de la besogne faite en son absence, ou du moins il n'en parlait pas, il semblait croire que son tableau avançait tout seul. En quinze jours, *Le Lac* fut terminé. Mais Adèle elle-même n'était pas contente. Elle sentait bien que quelque chose manquait. Lorsque Ferdinand, soulagé, déclarait le tableau très bien, elle restait froide et hochait la tête.

« Que veux-tu donc ? disait-il avec colère. Nous ne pouvons pas nous tuer là-dessus. »

Ce qu'elle voulait, c'était qu'il signât le tableau de sa personnalité. Et, par des miracles de patience et de volonté, elle lui en donna l'énergie. Pendant une semaine encore, elle le tourmenta, elle l'enflamma. Il ne sortait plus, elle le chauffait de ses caresses, le grisait de ses admirations. Puis, quand elle le sentait vibrant, elle lui mettait les pinceaux à la main et le tenait des heures devant le tableau, à causer, à discuter, à le jeter dans une excitation qui lui rendait sa force. Et ce fut ainsi qu'il retravailla la toile, qu'il revint sur le travail d'Adèle, en lui donnant les vigueurs de touche et les notes originales qui manquaient. C'était peu de chose et ce fut tout. L'œuvre vivait maintenant.

La joie de la jeune femme fut grande. L'avenir de nouveau était souriant. Elle aiderait son mari, puisque les longs travaux le fatiguaient. Ce serait une mission plus intime, dont les bonheurs secrets l'emplissaient d'espoir. Mais, en plaisantant, elle lui fit jurer de ne pas révéler sa part de travail ; ça ne valait pas la peine, ça la gênerait. Ferdinand promit en s'étonnant. Il n'avait pas de jalousie artistique contre Adèle, il répétait partout qu'elle savait son métier de peintre beaucoup mieux que lui, ce qui était vrai.

Quand Rennequin vint voir *Le Lac*, il resta longtemps silencieux. Puis, très sincèrement, il fit de grands compliments à son jeune ami.

«C'est à coup sûr plus complet que *La Promenade*, dit-il, les fonds ont une légèreté et une finesse incroyables et les premiers plans s'enlèvent avec beaucoup de vigueur… Oui, oui, très bien, très original…»

Il était visiblement étonné, mais il ne parla pas de la véritable cause de sa surprise. Ce diable de Ferdinand le déroutait, car jamais il ne l'aurait cru si habile, et il trouvait dans le tableau quelque chose de nouveau qu'il n'attendait pas. Pourtant, sans le dire, il préférait *La Promenade*, certainement plus lâchée, plus rude, mais plus personnelle. Dans *Le Lac*, le talent s'était affermi et élargi, et l'œuvre toutefois le séduisait moins, parce qu'il y sentait un équilibre plus banal, un commencement au joli et à l'entortillé. Cela ne l'empêcha pas de s'en aller, en répétant :

« Étonnant, mon cher… Vous allez avoir un succès fou. »

Et il avait prédit juste. Le succès du *Lac* fut encore plus grand que celui de *La Promenade*. Les femmes surtout se pâmèrent. Cela était exquis. Les voitures filant dans le soleil avec l'éclair de leurs roues, les petites figures en toilette, des taches claires qui s'enlevaient au milieu des verdures du Bois, charmèrent les visiteurs qui regardent de la peinture comme on regarde de l'orfèvrerie. Et les gens les plus sévères, ceux qui exigent de la force et de la logique dans une œuvre d'art, étaient pris, eux aussi, par un métier savant, une entente très grande de l'effet, des qualités de facture rares. Mais ce qui dominait, ce qui achevait la conquête du grand public, c'était la grâce un peu mièvre de la personnalité. Tous les critiques furent d'accord pour déclarer que Ferdinand Sourdis était en progrès. Un seul, mais un homme brutal, qui se faisait exécrer par sa façon tranquille de dire la vérité, osa écrire que, si le peintre continuait à compliquer et à amollir sa facture, il ne lui donnait pas cinq ans pour gâter les précieux dons de son originalité.

Rue d'Assas, on était bien heureux. Ce n'était plus le coup de surprise du premier succès, mais comme une consécration définitive, un classement parmi les maîtres du jour. En outre, la fortune arrivait, des commandes se produisaient de tous côtés, les quelques bouts de toile que le peintre avait chez lui furent disputés à coups de billets de banque ; et il fallut se mettre au travail.

Adèle garda toute sa tête, dans cette fortune. Elle n'était pas avare, mais elle avait été élevée à cette école de l'économie provinciale, qui connaît le prix de l'argent, comme on dit. Aussi se montra-t-elle sévère et tintelle la main à ce que Ferdinand ne manquât jamais aux engagements qu'il prenait. Elle inscrivait les commandes, veillait aux livraisons, plaçait l'argent. Et son action, surtout, s'exerçait sur son mari, qu'elle menait à coups de férule.

Elle avait réglé sa vie, tant d'heures de travail par jour, puis des récréations. Jamais d'ailleurs elle ne se fâchait, c'était toujours la même femme silencieuse et digne ; mais il s'était si mal conduit, il lui avait laissé prendre une telle autorité, que, maintenant, il tremblait devant elle. Certainement, elle lui rendit alors le plus grand service ; car, sans cette volonté qui le maintenait, il se serait abandonné, il n'aurait pas produit les œuvres qu'il donna pendant plusieurs années. Elle était le meilleur de sa force, son guide et son soutien. Sans doute, cette crainte qu'elle lui inspirait ne l'empêchait pas de retomber parfois dans ses anciens désordres ; comme elle ne satisfaisait pas ses vices, il s'échappait, courait les basses débauches, revenait malade, hébété pour trois ou quatre jours. Mais, chaque fois, c'était une arme nouvelle qu'il lui donnait, elle montrait un mépris plus haut, l'écrasait de ses regards froids, et pendant une semaine alors il ne quittait plus son chevalet. Elle souffrait trop comme femme, lorsqu'il la trahissait, pour désirer une de ces escapades, qui le lui ramenaient si repentant et si obéissant. Cependant, quand elle voyait la crise se déclarer, lorsqu'elle le sentait travaillé de désirs, les yeux pâles, les gestes fiévreux, elle éprouvait une hâte furieuse à ce que la rue le lui rendit souple et inerte, comme une pâte molle qu'elle travaillait à sa guise, de ses mains courtes de femme volontaire et sans beauté. Elle se savait peu plaisante, avec son teint plombé, sa peau dure et ses gros os ; et elle se vengeait sourdement sur ce joli homme, qui redevenait à elle, quand les belles filles l'avaient anéanti. D'ailleurs, Ferdinand vieillissait vite ; des rhumatismes l'avaient pris ; à quarante ans, des excès de toutes sortes faisaient déjà de lui un vieillard. L'âge allait forcément le calmer.

Dès *Le Lac*, ce fut une chose convenue, le mari et la femme travaillèrent ensemble. Ils s'en cachaient encore, il est vrai ; mais, les portes fermées, ils se mettaient au même tableau, poussaient la besogne en commun. Ferdinand, le talent mâle, restait l'inspirateur, le constructeur ; c'était lui qui choisissait les sujets et qui les jetait d'un trait large, en établissant chaque partie. Puis, pour l'exécution, il cédait la place à Adèle, au talent femelle, en se réservant toutefois la facture de certains morceaux de vigueur. Dans les premiers temps, il gardait pour lui la grosse part ; il tenait à honneur de ne se faire aider par sa femme que pour les coins, les épisodes ; mais sa faiblesse s'aggravait, il était de jour en jour moins courageux à la besogne, et il s'abandonna, il laissa Adèle l'envahir. À chaque œuvre nouvelle, elle collabora davantage, par la force des choses, sans qu'elle-même eût le plan arrêté de substituer ainsi son travail à celui de son mari. Ce qu'elle voulait, c'était d'abord que ce nom de Sourdis, qui était le sien, ne fît pas faillite à la gloire, c'était de maintenir au sommet cette célébrité, qui avait été tout son rêve de jeune fille laide et cloîtrée ; ensuite, ce qu'elle voulait, c'était de ne pas manquer de parole aux acheteurs, de livrer les tableaux aux jours promis, en commerçante honnête qui n'a qu'une parole. Et alors elle se trouvait bien obligée de terminer en hâte la besogne, de boucher tous les trous laissés par Ferdinand, de finir les toiles, lorsqu'elle le voyait s'enrager d'impuissance, les doigts tremblants, incapables de tenir un pinceau. Jamais d'ailleurs elle ne triomphait, elle affectait de rester l'élève, de se borner à une pure besogne de manœuvre, sous ses ordres. Elle le respectait encore comme artiste, elle l'admirait réellement, avertie par son instinct qu'il restait jusque-là le mâle, malgré sa déchéance. Sans lui, elle n'aurait pu faire de si larges toiles.

Rennequin, dont le ménage se cachait comme des autres peintres, suivait avec une surprise croissante la lente substitution de ce tempérament femelle à ce tempérament mâle, sans pouvoir comprendre. Pour lui, Ferdinand n'était pas précisément dans une mauvaise voie, puisqu'il produisait et qu'il se soutenait ; mais il se développait dans un sens de facture qu'il n'avait pas semblé apporter d'abord. Son premier tableau, *La Promenade*, était plein d'une personnalité vive et spirituelle, qui, peu à peu, avait disparu dans les œuvres suivantes, qui maintenant se noyait au milieu d'une coulée de pâte molle et fluide, très agréable à l'œil, mais de plus en plus banale. Pourtant, c'était la même main, ou du moins Rennequin l'aurait juré, tant Adèle, avec son adresse, avait pris la facture de son mari. Elle avait ce génie de démonter le métier des autres et de s'y glisser. D'autre part, les tableaux de Ferdinand prenaient une odeur vague de puritanisme, une correction bourgeoise qui blessait le vieux maître. Lui qui avait salué dans son jeune ami un talent libre, il était irrité de ses raideurs nouvelles, du certain air pudibond et pincé qu'affectait maintenant sa peinture. Un soir, dans une réunion d'artistes, il s'emporta, en criant :

« Ce diable de Sourdis tourne au calotin… Avez-vous vu sa dernière toile ? Il n'a donc pas de sang dans les veines, ce bougre-là ! Les filles l'ont vidé. Eh ! oui, c'est l'éternelle histoire, on se laisse manger le cerveau par quelque bête de femme… Vous ne savez pas ce qui m'embête, moi? c'est qu'il fasse toujours bien. Parfaitement! vous avez beau rire! Je m'étais imaginé que, s'il tournait mal, il finirait dans un gâchis absolu, vous savez, un gâchis superbe d'homme foudroyé. Et pas du tout, il semble avoir trouvé une mécanique qui se règle de jour en jour et qui le mène à faire plat, couramment… C'est désastreux. Il est fini, il est incapable du mauvais.»

On était habitué aux sorties paradoxales de Rennequin, et l'on s'égaya. Mais lui se comprenait; et, comme il aimait Ferdinand, il éprouvait une réelle tristesse.

Le lendemain, il se rendit rue d'Assas. Trouvant la clé sur la porte, et s'étant permis d'entrer sans frapper, il resta stupéfait. Ferdinand n'y était pas. Devant un chevalet, Adèle terminait vivement un tableau dont les journaux s'occupaient déjà. Elle était si absorbée qu'elle n'avait pas entendu la porte s'ouvrir, ne se doutant pas d'ailleurs que la bonne venait, en rentrant, d'oublier sa clé dans la serrure. Et Rennequin, immobile, put la regarder une grande minute. Elle abattait la besogne avec une sûreté de main qui indiquait une grande pratique. Elle avait sa facture adroite, courante, cette mécanique bien réglée dont justement il parlait la veille. Tout d'un coup, il comprit, et son saisissement fut tel, il sentit si bien son indiscrétion, qu'il essaya de sortir pour frapper. Mais, brusquement, Adèle tourna la tête.

«Tiens! c'est vous, cria-t-elle. Vous étiez là, comment êtes-vous entré?»

Et elle devint très rouge. Rennequin, embarrassé lui-même, répondit qu'il arrivait à peine. Puis, il eut conscience que, s'il ne parlait pas de ce qu'il venait de voir, la situation serait plus gênante encore.

« Hein ? la besogne presse, dit-il de son air le plus bonhomme. Tu donnes un petit coup de main à Ferdinand. »

Elle avait repris sa pâleur de cire. Elle répondit tranquillement :

« Oui, ce tableau devrait être livré depuis lundi, et comme Ferdinand a eu ses douleurs… Oh ! quelques glacis sans importance. »

Mais elle ne s'abusait pas, on ne pouvait tromper un homme comme Rennequin. Pourtant, elle restait immobile, sa palette et ses pinceaux aux mains. Alors, il dut lui dire :

« Il ne faut pas que je te gêne. Continue. »

Elle le regarda fixement quelques secondes. Enfin, elle se décida. Maintenant, il savait tout, à quoi bon feindre davantage ? Et, comme elle avait formellement promis le tableau pour le soir, elle se remit à la besogne, abattant l'ouvrage avec une carrure toute masculine. Il s'était assis et suivait son travail, lorsque Ferdinand rentra. D'abord, il éprouva un saisissement, à trouver ainsi Rennequin installé derrière Adèle, et la regardant faire son tableau. Mais il paraissait très las, incapable d'un sentiment fort. Il vint se laisser tomber près du vieux maître, en poussant le soupir d'un homme qui n'a plus qu'un besoin de sommeil. Puis, un silence régna, il ne sentait pas la nécessité d'expliquer les choses. C'était ainsi, il n'en souffrait pas. Au bout d'un instant il se pencha seulement vers Rennequin, tandis qu'Adèle, haussée sur les pieds, sabrait largement son ciel de grands coups de lumière ; et il lui dit, avec un véritable orgueil :

« Vous savez, mon cher, elle est plus forte que moi… Oh ! un métier ! une facture ! »

Lorsque Rennequin descendit l'escalier, remué, hors de lui, il parla tout haut, dans le silence.

« Encore un de nettoyé !… Elle l'empêchera de descendre trop bas, mais jamais elle ne le laissera s'élever très haut. Il est foutu ! »

IV

Des années se passèrent. Les Sourdis avaient acheté à Mercœur une petite maison dont le jardin donnait sur la promenade du Mail. D'abord, ils étaient venus vivre là quelques mois de l'été, pour échapper, pendant les chaleurs de juillet et d'août, à l'étouffement de Paris. C'était comme une retraite toujours prête. Mais, peu à peu, ils y vécurent davantage ; et, à mesure qu'ils s'y installaient, Paris leur devenait moins nécessaire. Comme la maison était très étroite, ils firent bâtir dans le jardin un vaste atelier, qui s'augmenta bientôt de tout un corps de bâtiment. Maintenant, c'était à Paris qu'ils allaient en vacances, l'hiver, pendant deux ou trois mois au plus. Ils vivaient à Mercœur, ils n'avaient plus qu'un pied-à-terre, dans une maison de la rue de Clichy, qui leur appartenait.

Cette retraite en province avait donc eu lieu petit à petit, sans plan arrêté. Lorsqu'on s'étonnait devant elle, Adèle parlait de la santé de Ferdinand, qui était fort mauvaise, et, à l'entendre, il semblait qu'elle eût cédé au besoin de mettre son mari dans un milieu de paix et de grand air. Mais la vérité était qu'elle-même avait obéi à d'anciens désirs, réalisant ainsi son dernier rêve.

Lorsque, jeune fille, elle regardait pendant des heures les pavés humides de la place du Collège, elle se voyait bien, à Paris, dans un avenir de gloire, avec des applaudissements tumultueux autour d'elle, un grand éclat rayonnant sur son nom ; seulement, le songe s'achevait toujours à Mercœur, dans un coin mort de la petite ville, au milieu du respect étonné des habitants. C'était là qu'elle était née, c'était là qu'elle avait eu la continuelle ambition de triompher, à ce point que la stupeur des bonnes femmes de Mercœur, plantées sur les portes, lorsqu'elle passait au bras de son mari, l'emplissait davantage du sentiment de sa célébrité, que les hommages délicats des salons de Paris. Au fond, elle était restée bourgeoise et provinciale, s'inquiétant de ce que pensait sa petite ville, à chaque nouvelle victoire, y revenant avec des battements de cœur, y goûtant tout l'épanouissement de sa personnalité, depuis l'obscurité d'où elle était partie, jusqu'à la renommée où elle vivait. Sa mère était morte, il y avait dix ans déjà, et elle revenait simplement chercher sa jeunesse, cette vie glacée dont elle avait dormi.

À cette heure, le nom de Ferdinand Sourdis ne pouvait plus grandir. Le peintre, à cinquante ans, avait obtenu toutes les récompenses et toutes les dignités, les médailles réglementaires, les croix et les titres. Il était commandeur de la Légion d'honneur, il faisait partie de l'Institut depuis plusieurs années. Sa fortune seule s'élargissait encore, car les journaux avaient épuisé les éloges. Il y avait des formules toutes faites qui servaient couramment pour le louer : on l'appelait le maître fécond, le charmeur exquis auquel toutes les âmes appartenaient. Mais cela ne semblait plus le toucher, il devenait indifférent, portant sa gloire comme un vieil

habit auquel il était habitué. Lorsque les gens de Mercœur le voyaient passer, voûté déjà, avec ses regards
vagues qui ne se fixaient sur rien, il entrait beaucoup de
surprise dans leur respect, car ils s'imaginaient difficile-
ment que ce monsieur, si tranquille et si las, pût faire
tant de bruit dans la capitale.

D'ailleurs, tout le monde à présent savait que
Mme Sourdis aidait son mari dans sa peinture. Elle passait pour une maîtresse femme, bien qu'elle fût petite et
très grosse. C'était même un autre étonnement, dans le
pays, qu'une dame si corpulente pût piétiner devant des
tableaux toute la journée, sans avoir le soir les jambes
cassées. Affaire d'habitude, disaient les bourgeois. Cette
collaboration de sa femme ne jetait aucune déconsidé-
ration sur Ferdinand ; au contraire. Adèle, avec un tact
supérieur, avait compris qu'elle ne devait pas supprimer
son mari ouvertement ; il gardait la signature, il était
comme un roi constitutionnel qui régnait sans gouverner. Les œuvres de Mme Sourdis n'auraient pris personne, tandis que les œuvres de Ferdinand Sourdis
conservaient toute leur force sur la critique et le public.
Aussi montrait-elle toujours la plus grande admiration
pour son mari, et le singulier était que cette admiration
restait sincère. Bien que, peu à peu, il ne touchât que de
loin en loin un pinceau, elle le considérait comme le
créateur véritable des œuvres qu'elle peignait presque
entièrement. Dans cette substitution de leurs tempéraments c'était elle qui avait envahi l'œuvre commune, au
point d'y dominer et de l'en chasser ; mais elle ne se
sentait pas moins dépendante encore de l'impulsion première, elle l'avait remplacé en se l'incorporant, en prenant pour ainsi dire de son sexe. Le résultat était un
monstre. À tous les visiteurs, lorsqu'elle montrait leurs

œuvres, elle disait toujours : « Ferdinand a fait ceci, Ferdinand va faire cela », lors même que Ferdinand n'avait pas donné et ne devait pas donner un seul coup de pinceau. Puis, à la moindre critique, elle se fâchait, n'admettait pas qu'on pût discuter le génie de Ferdinand. En cela, elle se montrait superbe, dans un élan de croyance extraordinaire ; jamais ses colères de femme trompée, jamais ses dégoûts ni ses mépris n'avaient détruit en elle la haute figure qu'elle s'était faite du grand artiste qu'elle avait aimé dans son mari, même lorsque cet artiste avait décliné et qu'elle avait dû se substituer à lui, pour éviter la faillite. C'était un coin d'une naïveté charmante, d'un aveuglement tendre et orgueilleux à la fois, qui aidait Ferdinand à porter le sentiment sourd de son impuissance. Il ne souffrait pas de sa déchéance, il disait également : « mon tableau, mon œuvre », sans songer combien peu il travaillait aux toiles qu'il signait. Et tout cela était si naturel entre eux, il jalousait si peu cette femme qui lui avait pris jusqu'à sa personnalité, qu'il ne pouvait causer deux minutes sans la vanter. Toujours, il répétait ce qu'il avait dit un soir à Rennequin :

« Je vous jure, elle a plus de talent que moi... Le dessin me donne un mal du diable, tandis qu'elle, naturellement, vous plante une figure d'un trait... Oh ! une adresse dont vous n'avez pas l'idée ! Décidément, on a ça ou l'on n'a pas ça dans les veines. C'est un don. »

On souriait discrètement, en ne voyant là que la galanterie d'un mari amoureux. Mais, si l'on avait le malheur de montrer qu'on estimait beaucoup Mme Sourdis, mais qu'on ne croyait pas à son talent d'artiste, il s'emportait, il entrait dans de grandes théories sur les tempéraments et le mécanisme de la production ; discussions qu'il terminait toujours par ce cri :

« Quand je vous dis qu'elle est plus forte que moi ! Est-ce étonnant que personne ne veuille me croire ! »

Le ménage était très uni. Sur le tard, l'âge et sa mauvaise santé avaient beaucoup calmé Ferdinand. Il ne pouvait plus boire, tellement son estomac se détraquait au moindre excès. Les femmes seules l'emportaient encore dans des coups de folie qui duraient deux ou trois jours. Mais, quand le ménage vint s'installer complètement à Mercœur, le manque d'occasions le força à une fidélité presque absolue. Adèle n'eut plus à craindre que de brusques bordées avec les bonnes qui la servaient. Elle s'était bien résignée à n'en prendre que de très laides ; seulement, cela n'empêchait pas Ferdinand de s'oublier avec elles, si elles y consentaient. C'étaient, chez lui, par certains jours d'énervement physique, des perversions, des besoins qu'il aurait contentés, au risque de tout détruire. Elle en était quitte pour changer de domestique, chaque fois qu'elle croyait s'apercevoir d'une intimité trop grande avec Monsieur. Alors, Ferdinand restait honteux pendant une semaine. Cela, jusque dans le vieil âge, rallumait la flamme de leur amour. Adèle adorait toujours son mari, avec cette jalousie contenue qu'elle n'avait jamais laissé éclater devant lui ; et lui, lorsqu'il la voyait dans un de ces silences terribles, après le renvoi d'une bonne, il tâchait d'obtenir son pardon par toutes sortes de soumissions tendres. Elle le possédait alors comme un enfant. Il était très ravagé, le teint jauni, le visage creusé de rides profondes ; mais il avait gardé sa barbe d'or, qui pâlissait sans blanchir, et qui le faisait ressembler à quelque dieu vieilli, doré encore du charme de sa jeunesse.

Un jour vint où il eut, dans leur atelier de Mercœur, le dégoût de la peinture. C'était comme une répugnance physique ; l'odeur de l'essence, la sensation grasse du pinceau sur la toile lui causaient une exaspération nerveuse ; ses mains se mettaient à trembler, il avait des vertiges. Sans doute il y avait là une conséquence de son impuissance elle-même, un résultat du long détraquement de ses facultés d'artiste, arrivé à la période aiguë. Il devait finir par cette impossibilité matérielle. Adèle se montra très bonne, le réconfortant, lui jurant que c'était une mauvaise disposition passagère dont il guérirait ; et elle le força à se reposer. Comme il ne travaillait absolument plus aux tableaux, il s'inquiéta, devint sombre. Mais elle trouva un arrangement : ce serait lui qui ferait les compositions à la mine de plomb, puis elle les reporterait sur les toiles, où elle les mettrait au carreau et les peindrait, sous ses ordres. Dès lors, les choses marchèrent ainsi, il n'y eut plus un seul coup de pinceau donné par lui dans les œuvres qu'il signait. Adèle exécutait tout le travail matériel, et il restait simplement l'inspirateur, il fournissait les idées, des crayonnages, parfois incomplets et incorrects, qu'elle était obligée de corriger, sans le lui dire. Depuis longtemps, le ménage travaillait surtout pour l'exportation. Après le grand succès remporté en France, des commandes étaient venues, surtout de Russie et d'Amérique ; et, comme les amateurs de ces pays lointains ne se montraient pas difficiles, comme il suffisait d'expédier des caisses de tableaux et de toucher l'argent, sans avoir jamais un ennui, les Sourdis s'étaient peu à peu entièrement donnés à cette production commode. D'ailleurs, en France, la vente avait baissé. Lorsque, de loin en loin, Ferdinand envoyait un tableau au Salon, la critique l'accueillait avec les mêmes éloges : c'était un talent classé, consacré, pour lequel on ne se battait plus, et qui avait pu glisser peu à peu à une production abondante et médiocre, sans déranger les habitudes du public et des critiques. Le peintre était resté le même pour le plus grand nombre, il avait simplement vieilli et cédé la place à des réputations plus turbulentes. Seulement, les acheteurs finissaient par se déshabituer de sa peinture. On le saluait encore comme un des maîtres contemporains, mais on ne l'achetait presque plus. L'étranger enlevait tout.

Cette année-là pourtant, une toile de Ferdinand Sourdis fit encore un effet considérable au Salon. C'était comme un pendant à son premier tableau : *La Promenade*. Dans une salle froide, aux murs blanchis, des élèves travaillaient, regardaient voler les mouches, riaient sournoisement, tandis que le « pion », enfoncé dans la lecture d'un roman, semblait avoir oublié le monde entier ; et la toile avait pour titre : *L'Étude*. On trouva cela charmant, et des critiques, comparant les deux œuvres, peintes à trente ans de distance, parlèrent même du chemin parcouru, des inexpériences de *La Promenade* et de la science parfaite de *L'Étude*. Presque tous s'ingéniaient à voir dans ce dernier tableau des finesses extraordinaires, un raffinement d'art exquis, une facture parfaite que personne ne dépasserait jamais. Cependant, la grande majorité des artistes protestait, et Rennequin se montrait parmi les plus violents. Il était très vieux, vert encore pour ses soixante-quinze ans, toujours passionné de vérité.

« Laissez donc ! criait-il. J'aime Ferdinand comme un fils, mais c'est trop bête, à la fin, de préférer ses œuvres actuelles aux œuvres de sa jeunesse ! Cela n'a plus ni flamme, ni saveur, ni originalité d'aucune sorte. Oh ! c'est joli, c'est facile, cela je vous l'accorde ! Mais il faut vendre de la chandelle pour avoir le goût de cette facture banale, relevée par je ne sais quelle sauce compliquée, où il y a de tous les styles, et même de toutes les pourritures de style… Ce n'est plus mon Ferdinand qui peint ces machines-là…»

Pourtant, il s'arrêtait. Lui, savait à quoi s'en tenir, et l'on sentait dans son amertume une sourde colère qu'il avait toujours professée contre les femmes, ces animaux nuisibles, comme il les nommait parfois. Il se contentait seulement de répéter en se fâchant:

«Non, ce n'est plus lui… Non, ce n'est plus lui…»

Il avait suivi le lent travail d'envahissement d'Adèle, avec une curiosité d'observateur et d'analyste. À chaque œuvre nouvelle, il s'était aperçu des moindres modifications, reconnaissant les morceaux du mari et ceux de la femme, constatant que ceux-là diminuaient au profit de ceux-ci dans une progression régulière et constante. Le cas lui paraissait si intéressant, qu'il oubliait de se fâcher pour jouir uniquement de ce jeu des tempéraments, en homme qui adorait le spectacle de la vie. Il avait donc noté les plus légères nuances de la substitution, et à cette heure, il sentait bien que ce drame physiologique et psychologique était accompli. Le dénouement, ce tableau de *L'Étude*, était là devant ses yeux. Pour lui, Adèle avait mangé Ferdinand, c'était fini.

Alors, comme toutes les années, au mois de juillet, il eut l'idée d'aller passer quelques jours à Mercœur. Depuis le Salon, d'ailleurs, il éprouvait la plus violente envie de revoir le ménage. C'était pour lui l'occasion de constater sur les faits s'il avait raisonné juste.

Quand il se présenta chez les Sourdis, par une brûlante après-midi, le jardin dormait sous ses ombrages.

La maison, et jusqu'aux plates-bandes, avaient une pro-
preté, une régularité bourgeoise, qui annonçaient beaucoup d'ordre et de calme. Aucun bruit de la petite ville
n'arrivait dans ce coin écarté, les rosiers grimpants
étaient pleins d'un bourdonnement d'abeilles. La bonne
dit au visiteur que Madame était à l'atelier.

Quand Rennequin ouvrit la porte, il aperçut Adèle
peignant debout, dans cette attitude où il l'avait surprise
une première fois, bien des années auparavant. Mais,
aujourd'hui, elle ne se cachait plus. Elle eut une légère
exclamation de joie, et voulut lâcher sa palette. Mais
Rennequin se récria :

« Je m'en vais si tu te déranges… Que diable ! traite-
moi en ami. Travaille, travaille ! »

Elle se laissa faire violence, en femme qui connaît le
prix du temps.

« Eh bien ! puisque vous le permettez !… Vous savez,
on n'a jamais une heure de repos. »

Malgré l'âge qui venait, malgré l'obésité dont elle
était de plus en plus envahie, elle menait toujours rudement la besogne, avec une sûreté de main extraordinaire. Rennequin la regardait depuis un instant, lorsqu'il
demanda :

« Et Ferdinand ? il est sorti ? »

– Mais non, il est là », répondit Adèle en désignant un
coin de l'atelier, du bout de son pinceau.

Ferdinand était là, en effet, allongé sur un divan, où
il sommeillait. La voix de Rennequin l'avait réveillé ;
mais il ne le reconnaissait pas, la pensée lente, très
affaibli.

« Ah ! c'est vous, quelle bonne surprise ! » dit-il enfin.

Et il donna une molle poignée de main, en faisant un
effort pour se mettre sur son séant. La veille, sa femme

destructa

l'avait encore surpris avec une petite fille, qui venait laver la vaisselle ; et il était très humble, la mine effarée, accablé et ne sachant que faire pour gagner sa grâce. Rennequin le trouva plus vidé, plus écrasé qu'il ne s'y attendait. Cette fois, l'anéantissement était complet, et il éprouva une grande pitié pour le pauvre homme. Voulant voir s'il réveillerait en lui un peu de la flamme d'autrefois, il lui parla du beau succès de *L'Étude*, au dernier Salon.

« Ah ! mon gaillard, vous remuez encore les masses… On parle de vous là-bas, comme aux premiers jours. »

Ferdinand le regardait d'un air hébété. Puis, pour dire quelque chose :

« Oui, je sais, Adèle m'a lu des journaux. Mon tableau est très bien, n'est-ce pas ?… Oh ! je travaille, je travaille toujours beaucoup… Mais, je vous assure, elle est plus forte que moi, elle a un métier épatant ! »

Et il clignait les yeux, en désignant sa femme avec un pâle sourire. Elle s'était approchée, elle haussait les épaules, d'un air de bonne femme, en disant :

« Ne l'écoutez donc pas ! Vous connaissez sa toquade… Si l'on voulait le croire, ce serait moi le grand peintre… Je l'aide, et encore très mal. Enfin, puisque ça l'amuse ! »

Rennequin restait muet devant cette comédie qu'ils se jouaient à eux-mêmes, de bonne foi sans doute. Il sentait nettement, dans cet atelier, la suppression totale de Ferdinand. Celui-ci ne crayonnait même plus des bouts d'esquisse, tombé au point de ne pas sentir le besoin de sauvegarder son orgueil par un mensonge ; il lui suffisait maintenant d'être le mari. C'était Adèle qui composait, qui dessinait et peignait, sans lui demander un conseil, entrée d'ailleurs si complètement dans sa peau d'artiste, qu'elle le continuait, sans que rien pût indiquer la minute où la rupture avait été complète. Elle était seule à cette heure, et il ne restait, dans cette individualité femelle, que l'empreinte ancienne d'une individualité mâle.

Ferdinand bâillait:

« Vous restez à dîner, n'est-ce pas? dit-il. Oh! je suis éreinté… Comprenez-vous ça, Rennequin? Je n'ai rien fait aujourd'hui et je suis éreinté.

– Il ne fait rien, mais il travaille du matin au soir, dit Adèle. Jamais il ne veut m'écouter et se reposer une bonne fois.

– C'est vrai, reprit-il, le repos me rend malade, il faut que je m'occupe. »

Il s'était levé, s'était traîné un instant, puis avait fini par se rasseoir devant la petite table, sur laquelle anciennement sa femme faisait des aquarelles. Et il examinait une feuille de papier, où justement les premiers tons d'une aquarelle se trouvaient jetés. C'était une de ces œuvres de pensionnaire, un ruisseau faisant tourner les roues d'un moulin, avec un rideau de peupliers et un vieux saule. Rennequin, qui se penchait derrière lui, se mit à sourire, devant la maladresse enfantine du dessin et des teintes, un barbouillage presque comique.

« C'est drôle », murmura-t-il.

Mais il se tut, en voyant Adèle le regarder fixement. D'un bras solide, sans appui-main, elle venait d'ébaucher toute une figure, enlevant du coup le morceau, avec une carrure magistrale:

« N'est-pas que c'est joli, ce moulin? dit complaisamment Ferdinand, toujours penché sur la feuille de papier, bien sage à cette place de petit garçon. Oh! vous savez, j'étudie, pas davantage. »

Et Rennequin resta saisi. Maintenant, c'était Ferdinand qui faisait les aquarelles.

CHRONOLOGIE

1840 *(2 avril)* : Émile Zola naît à Paris. Il est le fils d'un ingénieur d'origine vénitienne, François Zola, et d'une jeune Beauceronne, Émilie Aubert.

1843 : la famille Zola s'installe à Aix-en-Provence.

1847 *(27 mars)* : mort de François Zola. Sa femme et son fils connaîtront dès lors une situation matérielle difficile.

1853 : Zola entre en sixième au collège Bourbon d'Aix-en-Provence. Il y fait la connaissance de Paul Cézanne.

1857 *(novembre)* : la mère de Zola part pour Paris. Son fils la rejoint au mois de février suivant.

1858 *(1er mars)* : à Paris, Zola entre en seconde au lycée Saint-Louis.

1859 *(4 août)* : échec au baccalauréat, suivi d'un nouvel échec en novembre. Zola abandonne ses études.

1860 : Zola est quelque temps employé à l'administration des docks de Paris.

1860-1861 : deux ans d'une vie de bohème assez misérable.

1862 *(1ᵉʳ mars)* : Zola entre à la librairie Hachette. Il est employé au bureau des expéditions, puis à la publicité. Il découvre le monde des écrivains et des journalistes.

1863 : premiers contes publiés dans *La Revue du mois* à Lille.

1864 *(juin)* : Zola devient chef de la publicité à la librairie Hachette. *Décembre* : publication des *Contes à Ninon*.

1864-1865 : Zola débute dans le journalisme. Il donne des comptes rendus critiques et des chroniques à plusieurs journaux.

1865 : Zola rencontre Gabrielle-Alexandrine Meley, qui deviendra sa femme en 1870. *Novembre* : *La Confession de Claude*, premier roman en partie autobiographique.

1866 *(31 janvier)* : Zola quitte la librairie Hachette. Désormais il ne vivra plus que de sa plume. Il collabore à de nombreux journaux, comme critique littéraire et pictural. Son *Salon*, paru dans *L'Événement*, fait scandale. Zola y défend Manet et Courbet. Il publie *Mon Salon* et *Mes Haines*, recueil d'articles de critique littéraire. *Le Vœu d'une morte*, roman d'abord publié en feuilleton dans *L'Événement*, paraît en novembre.

1867 : année difficile. Les collaborations aux journaux se font plus rares. Zola fréquente les futurs impressionnistes, Manet, Pissarro, Monet. *Décembre* : *Thérèse Raquin*, premier chef-d'œuvre. La 2e édition est précédée d'une importante préface. *Les Mystères de Marseille* paraissent en feuilleton dans *Le Messager de Provence*.

1868 : *Madeleine Férat*.

1868-1869 : Zola collabore à la presse républicaine. Son opposition à l'Empire se fait de plus en plus vive. Il présente à l'éditeur Albert Lacroix les plans d'un cycle romanesque en dix volumes, l'*Histoire d'une famille*, premier projet des *Rougon-Macquart*. Il se lie avec les Goncourt.

1870 : Zola achève *La Fortune des Rougon*, premier roman du cycle des *Rougon-Macquart*, qui paraît en feuilleton dans *Le Siècle* à partir du 28 juin. Il prépare *La Curée*. *31 mai* : il épouse Alexandrine Meley. *19 juillet* : la guerre éclate entre la France et la Prusse. *7 septembre* : les Zola quittent Paris pour Marseille. *11 décembre* : Zola est à Bordeaux où siège le gouvernement provisoire. Il brigue un poste de préfet, mais ses ambitions politiques sont vite déçues.

1871 : à Bordeaux, puis à Versailles, Zola est chroniqueur parlementaire. Il se tient éloigné de la Commune. *Octobre-novembre* : *La Curée* paraît en feuilleton dans *La Cloche*, mais la publication doit cesser sur ordre du procureur de la République.

1872 : Zola se lie avec Charpentier, qui devient son éditeur et celui des naturalistes. Il fréquente Flaubert, Daudet, Tourgueniev.

1873 : *Le Ventre de Paris*.

1874 : *La Conquête de Plassans, Nouveaux Contes à Ninon*. Échec d'une pièce de théâtre, *Les Héritiers Rabourdin*.

1875 : *La Faute de l'abbé Mouret*. *Mars* : Zola commence une collaboration régulière avec la revue russe *Le Messager de l'Europe*, qui durera jusqu'en décembre 1880.

1876 : *Son Excellence Eugène Rougon*.

1877 : *L'Assommoir*, premier grand succès. Zola fait figure de chef d'école. Campagnes en faveur du naturalisme.

1878 *(avril)* : *Une page d'amour*. *Mai* : avec les droits de *L'Assommoir*, Zola achète une maison à Médan, près de Poissy. Ce sera sa résidence d'été, qu'il ne cessera d'agrandir et d'embellir.

1880 *(mars)* : *Nana*, deuxième grand succès. *Avril* : *Les Soirées de Médan*, recueil collectif de nouvelles (Zola, Alexis, Céard, Hennique, Huysmans, Maupassant), qui apparaît comme le manifeste du naturalisme. *Novembre* : *Le Roman expérimental*, principal recueil de textes théoriques sur le naturalisme. *Décembre* : Zola cesse sa collaboration au *Messager de l'Europe*.

1881 : trois recueils de textes critiques, parus pour la plupart dans *Le Messager de l'Europe* : *Les Romanciers naturalistes*, *Le Naturalisme au théâtre*, *Documents littéraires*.

1882 *(janvier)* : *Une campagne*, recueil d'articles parus dans *Le Figaro*. *Avril* : *Pot-Bouille*. *Novembre* : *Le Capitaine Burle*, recueil de nouvelles parues dans *Le Messager de l'Europe*.

1883 *(mars)* : *Au Bonheur des Dames*. *Novembre* : *Naïs Micoulin*, recueil de nouvelles parues dans *Le Messager de l'Europe*.

1884 : *La Joie de vivre*.

1885 : *Germinal*, troisième grand succès.

1886 : *L'Œuvre*.

1887 : *La Terre*. Zola est violemment attaqué dans les colonnes du *Figaro* (18 août) par cinq jeunes écrivains de l'entourage des Goncourt et de Daudet.

1888 : *Le Rêve*. *Décembre* : Jeanne Rozerot, jeune lingère engagée par Alexandrine Zola, devient la maîtresse de l'écrivain.

1889 : naissance de Denise, fille de l'écrivain et de Jeanne Rozerot.

1890 : *La Bête humaine*.

1891 : *L'Argent*. Naissance de Jacques, fils de Zola et de Jeanne Rozerot.

1892 : *La Débâcle*.

1893 : *Le Docteur Pascal*, dernier roman de la série des *Rougon-Macquart*.

1894. *Lourdes*, première des *Trois Villes*.

1896 : *Rome*.

1897 *(mars)* : *Nouvelle Campagne*. À la fin de l'année, Zola s'engage aux côtés des partisans de l'innocence de Dreyfus.

1898 *(13 janvier)* : *L'Aurore* publie « J'accuse », lettre au président de la République qui relance l'affaire Dreyfus. Condamné à un an de prison, Zola doit s'exiler en Angleterre (juillet 1898-juin 1899). *Mars* : *Paris*.

1899 : *Fécondité*, le premier des *Quatre Évangiles*.

1901 : *Travail*.

1902 *(août)* : Zola termine *Vérité*, qui paraîtra après sa mort en 1903. Dans la nuit du *28 au 29 septembre*, Zola meurt à Paris d'une asphyxie due au mauvais tirage de sa cheminée. Il s'agit peut-être d'un acte de malveillance. Ses funérailles, le *5 octobre*, sont l'occasion d'une grande manifestation populaire. Le *4 juin 1908*, sa dépouille sera transférée au Panthéon.

BIBLIOGRAPHIE

Éditions de « Nantas » et de « Madame Sourdis »

Publications préoriginales

Publication dans *Le Messager de l'Europe* (textes traduits en russe): «Nantas», octobre 1878, sous le titre «Une histoire vraie contemporaine»; «Madame Sourdis», avril 1880.

Publications séparées en français: «Nantas», *Le Voltaire* du 19 au 26 juillet 1879 sous le titre «Nantas»; «Madame Sourdis», *La Grande Revue* du 1er mai 1900 (texte remanié, repris dans les éditions postérieures).

Premières publications en librairie

«Nantas» dans *Naïs Micoulin*, avec «Naïs Micoulin», «La Mort d'Olivier Bécaille», «Madame Neigeon», «Les Coquillages de M. Chabre» et «Jacques Damour», Charpentier, novembre 1883 [Bibliographie de la France du 23 février 1884].

«Madame Sourdis» dans Émile Zola, *Contes et nouvelles* en 2 vol., *Œuvres complètes*, éd. Bernouard, 1928.

«Madame Sourdis» dans Émile Zola, *Madame Sourdis*, Fasquelle, «Bibliothèque Charpentier», 1929, avec «L'Attaque du moulin», «Une victime de la réclame», «Voyage circulaire», «Une farce, ou Bohémiens en villégiature», «Comment on se marie», «Les Trois Guerres», «Angeline ou la Maison hantée».

Éditions commentées récentes

Émile Zola, *Contes et nouvelles*, dans *Œuvres complètes*, Cercle du Livre précieux, Tchou éd., t. IX, 1968, préface de Jean-Jacques Brochier, notices et notes d'Henri Mitterand.

Émile Zola, *Contes et nouvelles*, Gallimard, «Bibliothèque de la Pléiade», 1976, préface, notices et notes de Roger Ripoll.

Études à consulter

Études générales sur Zola

Colette BECKER, *Émile Zola*, Hachette Supérieur, 1994, coll. «Portraits littéraires».
   – *Zola, le saut dans les étoiles*, Presses de la Sorbonne nouvelle, 2002.

F. W. J. HEMMINGS, *Émile Zola*, Oxford University Press, 2e édition, 1966.

Henri MITTERAND, *Zola et le naturalisme*, PUF, 1986, coll. «Que sais-je?».

Alain PAGÈS, *Émile Zola. Bilan critique*, Nathan Université, 1993, coll. « 128 ».

Roger RIPOLL, *Réalité et mythe chez Zola*, Champion, 1981, 2 vol.

Guy ROBERT, *Émile Zola. Principes et caractères généraux de son œuvre*, Les Belles Lettres, 1952.

Études portant sur les nouvelles de Zola,
et en particulier sur « Nantas » et « Madame Sourdis »

David BAGULEY, « Les sources et la fortune des nouvelles de Zola », *Les Cahiers naturalistes*, n° 32, 1966, p. 118-132.

John CHRISTIE, « The Enigma of Zola's "Madame Sourdis" », *Nottingham French Studies*, mai 1966, p. 13-28.

Jacqueline FRICHET-RECHOUX, « "Nantas" : de la nouvelle au drame », *Les Cahiers naturalistes*, n° 41, 1971, p. 22-34.

Robert RICATTE, « Émile Zola conteur », *Europe*, avril-mai 1968, p. 209-217.

Table

PAPIER À BASE DE
FIBRES CERTIFIÉES

Le Livre de Poche s'engage pour
l'environnement en réduisant
l'empreinte carbone de ses livres.
Celle de cet exemplaire est de :
200 g éq. CO$_2$
Rendez-vous sur
www.livredepoche-durable.fr

Achevé d'imprimer en février 2021, en Espagne par
Liberdúplex - 08791 Sant Llorenç d'Hortons
Dépôt légal 1re publication : juin 2004
Édition 17 - février 2021
LIBRAIRIE GÉNÉRALE FRANÇAISE – 21, rue du Montparnasse – 75298 Paris Cedex 06

31/9312/5